Bazar et Cécité

L'ultime aventure d'Augustin Triboulet ?

Bazar et cécité

Remerciements

Mes fidèles critiques
Maura, Laura et Michel

Les illustrateurs
Elias et Anton

Photo©Laura Moity

Du même auteur

Le dodo de Dado 2016
Petites histoires et piécettes du « théâtre de Dodo ».
Produit d'une (très) étroite collaboration
Avec Maura Murray

Toujours un pet plus loin 2014-17
Cinq Petits Écrits à Tiroirs : Augustin qui n'était pas un Saint, Le monde petit d'Augustin, Soixante-dix-sept, Capilotades exquises, Ainsi parla Bacbuc.

Charles Bantegnie 1914-1915
Préface 2014

Le progrès d'une civilisation tend essentiellement à limiter la vie privée des gens
        Isaac Azimov.

La technoscience est en train de vouloir prendre en mains l'évolution biologique et psychique de l'humanité.
        Edgar Morin

Quelques personnages déjà apparus dans
« Toujours un pet plus loin »

Augustin TRIBOULET
Parisien d'une soixantaine d'années. Héros (malgré lui et alors très jeune) d'une bande dessinée, il a (re)pris vie sur le tard, à l'occasion d'un premier petit écrit à tiroir "Augustin qui n'était pas un saint et les autres". Très éphémère Intervenant au Collège de France, c'est un grand amateur de marche et d'enquêtes en tout genre, autant que de bons vins.
On le découvre ancien journaliste scientifique, en plein cirage dans cette histoire qui se déroule au printemps 2016.

La Géhème (ou La G.M.)
Gentille Membre et cofondatrice des "Anagramous", un groupe partisan et pirate de geeks. Hacker de premier rang, elle est également spécialiste du crochetage de serrure ainsi que ses exploits en attestent dans "Ainsi Parla Bacbuc". Ses attaches islandaises y sont ici révélées, ainsi que son vrai nom.

Manfred de GARGAN
Fantasque neveux-par-adoption d'Augustin. Entrepreneur de start-up high-tech et fasciné par l'agroalimentaire dans "Capilotades exquises" et "Ainsi parla Bacbuc". Membre d'une génération qui s'estime éperdue à la différence d'autres qui ont pu se croire simplement perdues. Réside maintenant en Guinée Bissau avec Helena sa compagne.

Kheezran

Jeune étudiante, forte en tout y compris en informatique dans "Ainsi parla Bacbuc". Originaire de Cornouaille, où sa famille Pakistanaise a immigré.

Helena LEWIS

Fille de Jack Lewis, grand ami d'Augustin. Elle est Professeur de littérature anglaise dans "Soixante-dix-sept" et "Ainsi parla Bacbuc". Réside maintenant en Guinée Bissau avec Manfred son compagnon où ils installent des fours solaires pour une ONG.

***

Pour le reste, toutes ressemblances avec des faits réels, des personnages existants ou ayant existé, voire de célèbres institutions seraient bien entendu totalement irresponsables et volontaires…

***

Chapitre premier

Attention au prolapsus du cloaque !

La rame de métro s'arrête sans douceur à la station Pont Neuf avec à son bord, Augustin Triboulet. Il est assez perplexe. Une fois de plus, il a l'impression de ne pas être en phase avec le monde qui l'entoure. Sensation récurrente et comme souvent provoquée par un fait anodin.

Aujourd'hui, ce sont les regards agacés des passagers assis près de lui qui l'alertent. Il réalise vite qu'il est le seul à lire un journal papier, quand tout un chacun plonge - comme il se doit la tête baissée - dans son *smartphone*.

Serait-ce le bruit des pages tournées ? Ou alors la taille du journal ? - *Horreur ! C'est un journal acheté, pas un de ces tabloïds gratuits de petits formats* - En tout cas, il dérange. Chaque page froissée attire sur lui un regard peiné, voire un soupir d'exaspération lorsqu'en plus le moulinet de ses bras brasse l'air devant lui.

Lorsqu'il lui arrive de perdre quelques feuilles sur le sol et qu'en plus il se démène pour les récupérer, Augustin sentirait presque sa dernière heure arrivée, tant les regards maintenant courroucés de ses voisins le fusillent. D'ordinaire, une âme charitable et amusée l'aide à reconstituer sa liasse de papiers éparpillés, mais ce n'est pas le cas aujourd'hui et il décide d'abandonner sur le sol et à son triste sort, la page culture que d'ailleurs il ne lit que très rarement.

Les portes s'ouvrent et Augustin quitte son siège, puis la rame, soulagé. Il gravit l'escalier qui débouche sur les quais de Seine, légèrement peiné mais déterminé. C'est à peine s'il apprécie la douceur de la température extérieure en sortant du métro. Il sait très bien où il va. Le magasin n'est pas loin, une *animalerie* au 18 du Quai de la Mégisserie.

Il a lu et relu la description fournie sur le site du magasin qu'il a même consulté une dernière fois dans le métro, *sur son téléphone !* C'était juste après avoir plié le reste de son journal. Histoire de montrer qu'il était *normal après tout,* et qu'il pouvait se servir de *son petit génie portable,* comme tout le monde !

« *Les Cacatoès sont des perroquets très câlins, de vrais pitres, joueurs, intelligents et très curieux mais il ne faut pas prendre leur éducation à la légère. Les Cacatoès peuvent avoir un vocabulaire riche et varié. Vous pouvez garder les petits et moyens Cacatoès en appartement mais pour les grands Cacatoès il est nécessaire d'habiter une maison avec jardin* ».

***

Cette soudaine envie d'un compagnon à plume ne s'explique pas vraiment. Pas une lubie soudaine. Une simple curiosité, attisée par un reportage sur *Winston Churchill* vu récemment. On y mentionnait son perroquet dénommé *Charlie*. Légende ou pas, il serait devenu centenaire pour s'éteindre bien après son illustre propriétaire. Ce dernier lui ayant appris au passage des insultes genre « **Fuck the nazis !** », proférées par l'animal, selon la rumeur, jusqu'à sa mort en 2005.

"Comment un volatile peut-il s'approprier et garder en mémoire des éléments de langage humain ?"

Après tout, maintenant qu'il est retraité et voyage un peu moins... Il testerait bien l'affaire. C'est ainsi, Il se doit de rencontrer et peut être même d'adopter un nouveau compagnon à plumes. Cette belle après-midi tranquille qui annonce le printemps lui paraît de bon augure. En homme raisonnable - de son point de vue en tout cas - Augustin a décidé d'en acquérir un, de petite taille.

Il n'aura pas vraiment à choisir dans le magasin qu'il a sélectionné. En y pénétrant, Augustin est d'abord surpris par la chaleur moite qui baigne le lieu et par l'odeur aussi. Pas insupportable, mais bien prégnante. L'animalerie, même *bien propre pour la vente,* ça embaume ! Il parcourt du regard les différentes cages et n'aperçoit qu'un seul cacatoès. Il est petit, noir aux joues rouges. Silencieux, il semble snober tout le monde, les yeux grands ouverts, la tête légèrement renversée en arrière.

Cette attitude, autant que sa belle parure, séduit tout de suite Augustin qui s'approche de la cage. Ce faisant, il lui rend la pareille en passant lentement devait le perroquet tout en gardant à la fois lui aussi, le silence et la tête légèrement en arrière. Cette posture plutôt ridicule se veut moqueuse. Elle n'a aucun effet sur l'animal.

Ni sur l'unique vendeur d'ailleurs qui trône derrière un comptoir en bois ciré d'un autre âge au fond du magasin. L'homme est grand et maigre, vêtu d'une blouse grise. *L'allure d'un jeune instituteur de la Troisième République* pense Augustin qui est pourtant né sous la quatrième. Le jeune homme est peu affairé en cette journée de semaine. Rien à voir avec ces horribles samedis durant lesquels des parents fatigués promènent leur progéniture sur le trottoir et dans les magasins d'animaux de compagnie du quai de la Mégisserie. Un peu genre substitut bon marché d'une visite onéreuse au zoo de Vincennes.

Blasé, il est habitué aux excentricités des hominidés face à une animalité qu'ils croient inférieure. Il regarde sans expression particulière Augustin, se limitant à jauger un client potentiel : *Acheteur ou promeneur ?* Augustin porte une tenue élégante, sans fard. Un manteau léger bleu marine, maintenant entrouvert - chaleur de la petite ménagerie oblige - laisse apparaître un polo beige. Le petit crocodile n'y est pas brodé. *C'est déjà ça.*

Un pantalon sombre bien taillé qui tombe parfaitement sur une paire de chaussures noires impeccables, le tout lui parait très correct, avec un petit zeste sportif en même temps. Pas le look du retraité esseulé, mal fagoté et en mal de distraction. *Un acheteur peut-être donc.* Il est sur le point de lui adresser la parole - comme tout bon commerçant - lorsque Augustin quitte sa posture infructueuse, se redresse et s'approche du comptoir, déçu de son insuccès à dérider le perroquet. *Mais peut-on dérider un perroquet ?*

Le vendeur pose ostensiblement sur le comptoir un vieux livre relié de cuir dont le titre révèle la prise d'un certain recul sur le monde. On peut être vendeur et cultivé, voire intellectuel inavoué.

Revenant à son métier, il engage la conversation avec Augustin. Chose qui, avec l'individu pourrait s'avérer des plus chronophage. Il ne le sait pas encore, mais de toute façon, *il a tout son temps.*

...

AUGUSTIN : *Et pour nommer un perroquet, on fait comment ?*

LE VENDEUR (presque aussi hautain que le volatile) : *Ah Monsieur ! Ce n'est pas comme les chiens de race, il n'y a pas de première lettre obligée qu'il faut respecter. Choisissez ce qui vous vient à l'esprit. En revanche je vous le redis, faites attention* **au prolapsus du cloaque !** *Un perroquet domestique sur deux en décède !*

Augustin est peu au fait des terminologies médicales en général et moins encore de celles appliquées aux volatiles. Il se sent pourtant vite obligé - tant le vendeur insiste - de devoir comprendre les risques et les manifestations de ce *prolapsus*.

LE VENDEUR (qui se veut maintenant pédagogue) : *le perroquet qui mange à table avec son propriétaire supporte mal les mauvaises habitudes alimentaires de celui-ci, même s'il aime pareillement le jambon, le saucisson ou l'alcool. Sachez-le ! Ces écarts ne sont pas bons pour lui. Voire peuvent lui être fatals*

Un regard insistant, presque accusateur - celui du vendeur s'entend - passe du petit perroquet noir à Augustin. Celui-ci jurerait que ce faisant il évalue un (très) léger embonpoint, témoin manifeste de mœurs pas forcément compatibles avec la saine alimentation d'un membre de la famille des perroquets, appelée psittacidé. Là encore un terme appris lors d'une après-midi qui s'avère très éducative pour Augustin, au demeurant ravi. Il n'est pas surpris d'entendre la suite.

LE VENDEUR (redevenu vraiment vendeur) : *D'ailleurs, je vous recommande définitivement ce livret « Perroquets et Perruches », j'en ai une réédition disponible, croyez-moi, cela vaut les quinze euros et ce jeune mâle que vous allez acquérir vous en sera très reconnaissant...*

Augustin n'a pas vraiment le choix. Son ignorance crasse du sujet lui faisant (presque) honte, il cède sans hésitation. En plus du perroquet et de sa cage, il achète le pamphlet puis quitte le magasin tout guilleret à la recherche d'un taxi. Effectuer le trajet - pourtant court jusque chez lui - en métro avec son nouveau compagnon, n'étant pas une option réaliste à ses yeux …

Une heure plus tard, maintenant rentré chez lui il pose la cage et son occupant sur la table de son salon et commence à lire le pamphlet qui s'avère au demeurant très bien fait et joliment illustré. Son ancien job de journaliste scientifique le prédispose à aller à l'essentiel et à détecter les faits succulents et propres à tenir le non-expert en haleine. L'explication sur le cacatoès mâle d'Australie l'amuse beaucoup.

Ce dernier a l'habitude de taper contre les arbres avec des bâtons et des gousses de graines pour faire de la musique. « *À part les humains, ce sont peut-être les seuls animaux connus pour utiliser des outils afin de produire de la musique* », précise la brochure. Il s'agirait d'une sorte d'improvisation en percussion propre à chaque mâle, surtout destinée à épater les femelles.

Augustin scrute avec attention son nouveau colocataire *"Alors comme ça, pour draguer, tu joues de la batterie ? Tu as intérêt à pratiquer pour être au top au bon moment, d'après ce que je lis, madame ne s'accouple que tous les deux ans…"*

Augustin s'amuse de cette nouvelle présence qui - il l'espère bien - lui changera les idées. Idées qu'il a, il faut bien le reconnaître un peu sombres en ce moment. Le passage récent à la vie de retraité ne l'a pas vraiment affecté, en revanche des troubles récurrents de mémoire le préoccupent depuis peu. Pas la mémoire immédiate, non pas, mais curieusement, un pan entier de sa vie semble s'effacer puis revenir incomplet.

L'âge, forcement c'est l'âge, s'agace-t-il, sans pour autant que cela ne le rassure. Il suffit même qu'il reçoive, via internet, une publicité *ciblée "vieux",* genre *"promotion pour monte escalier sur rampe"* pour se foutre en colère. Dans le cas d'espèce, il trouve aussi que le *ciblage* du publicitaire est franchement nul. Un ascenseur pour atteindre son appartement au quatrième étage, à la rigueur, mais se faire démarcher pour un monte escalier électrique de pavillon de banlieue…

Alors oui ! Pouvoir se délasser en compagnie d'un cacatoès bavard, pourquoi pas ! Mais d'abord comment l'appeler ?

"Adopter le prénom d'un drummer bien fortiche et sexy, forcement ! " Sourit Augustin en se rappelant le pamphlet et la description sur les performances amoureuses et néanmoins épisodiques du cacatoès.

"Autant lui donner toutes ses chances quand il faudra le présenter à une copine…"

Il décide donc de consulter immédiatement sa collection de vinyles. Et là démarre une petite session qui secoue les murs.

Fin d'après-midi de semaine, les voisins ne sont pas rentrés du travail et c'est tant mieux.

De toute façon Augustin est maintenant à fond dans sa quête du *batteur du siècle* et il se met à enchaîner les morceaux, en puisant dans une discothèque très bien fournie.

Il commence avec un solo de *John Bonham* - il n'y a pas mieux qu'un *Led Zep* pour se chauffer les tympans - puis enchaîne avec *Keith Moon* dans un final des *Who*. Un de ceux où ils explosaient leurs instruments. *Dommage*, regrette Augustin, sur un vinyle ça ne se voit pas. Sans pour autant dédaigner un passage du côté de chez youtube, histoire de vérifier si ses souvenirs en matière de délire des *Who* sont intacts.

Augustin se prend au jeu, passe ensuite à *In Agada Davida* avec son excellent et très long solo de batterie. Tout en enchaînant les morceaux, il surveille le perroquet sans pourtant déceler un intérêt quelconque, pas même pour le solo quasi interminable de *Jack Pinney* dans *Iron Butterfly*. "*Bon, il ne s'appellera pas Jack*" pense Augustin. L'enfer sonore dégagé ensuite par *Neal Part* ne semble pas non plus l'émouvoir. "*Hum, pas même les ancêtres du hard rock ?* "

Les Vinyles s'enchaînent et ceux déjà joués s'accumulent sur le sol. Même le demi-dieu de la batterie, *Ginger Baker,* ne retient pas l'attention du perroquet.

Augustin commence à douter. Un disque sans pochette attire son regard. *Sympathie for the devil ! Mais oui bien sûr ! Ce bon vieux Charlie Watts, il aurait dû y penser plus tôt !*

À peine lancé, l'effet est immédiat et impressionnant. Le perroquet redresse la tête, se met à balancer en rythme, d'abord lentement, puis de plus en vite jusqu'à atteindre le bon *beat*. Le morceau n'est pas terminé qu'il commence à tapoter le montant de son perchoir avec son bec, tout en se tortillant.

C'est un Augustin réjoui et pas peu fier qui se redresse avec peine en s'éloignant de sa chaîne stéréo - une autre antiquité, quoique plus jeune que lui. Il sourit au volatile, s'en approche et effleure prudemment le plumage sur le dos du perroquet. Le toucher soyeux surprend Augustin, autant que l'absence de réaction du volatile, qu'il interprète comme une approbation passive. Au final, il choisirait donc pour son perroquet le même nom que celui de Winston Churchill , pas mal non ?

"Et bien, bienvenue à la maison **Charlie** *! "*

Bazar et cécité

Chapitre deux

Tripeul-É !

Dès le lendemain, Augustin se met en ordre de bataille pour organiser le quotidien de son nouveau colocataire. Cela lui rappelle le temps où il hébergeait son *presque-neveux* Manfred [1].

D'abord, assurer l'intendance. Le vendeur, non content de lui avoir fait la morale, lui a indiqué les *bonnes* adresses pour acheter les *bons* aliments au *meilleur* prix, pas forcément chez lui donc. Impressionné par cet excès d'intégrité, Augustin avait soigneusement pris note et remercié l'honnête homme.

En quittant l'appartement, Augustin branche la radio sur *France Culture*, histoire de tenir compagnie à Charlie. Faut bien commencer quelque part. Il sait aussi que l'appréhension initiale de sa concierge pour le perroquet fera vite place à de nombreuses visites, dès qu'il aura le dos tourné. Autant diversifier *les influences* dès le départ.

Marie-Angela Ferreira, concierge de son état, est un personnage incontournable dans la vie d'Augustin. Quoi de plus banal. Lorsqu'une copropriété a eu la sagesse ou les moyens – et surtout les deux - de garder cette fonction

---

[1] voir *Capilotades exquises*

essentielle, les célibataires de tout poil en sont toujours les premiers bénéficiaires, ou victimes c'est selon. Le *cas Augustin* s'inscrit dans la première catégorie. Cette femme d'âge mûr, originaire de la région de Porto, est arrivée en France dans les années soixante-dix. Veuve très jeune, elle avait pu obtenir ce poste de concierge d'un immeuble petit-bourgeois du 9e arrondissement où elle s'était occupée seule de sa fille unique, maintenant loin du nid.

Proche de la retraite, elle continue néanmoins à faire le ménage chez certains locataires. Enfin *ceux qu'elle a à la bonne*. Augustin en fait partie. Justement, il la croise en descendant l'escalier et prudent, se contente de la saluer. Il sera bien temps de s'expliquer lorsqu'elle passera à l'appartement ce soir. Il en est convaincu, *"Charlie finira bilingue Portugais - Français"* sous l'influence de la très bavarde Marie Angela.

***

Le plus difficile n'est pas la rencontre entre Marie-Angela et Charlie, son premier locataire perroquet, mais de lui faire accepter de venir le nourrir quand Augustin sera absent... C'est-à-dire dès la semaine suivante. Il est vrai qu'Augustin continue à se déplacer de temps en temps.

Plus vraiment pour le travail. Il est loin le temps où il fréquentait les grands salons technologiques en Europe. De tous, il avait préféré ceux organisés par l'industrie électronique, ce qui lui faisait passer régulièrement à Genève, là où il avait commencé sa carrière. Heureuse incidence qui lui a permis de rester en relation avec un ami de toujours, *Mike Brant*. Pas le chanteur. Un homonyme.

Augustin l'a connu pendant un séjour en Afrique pendant son Service Civil. Ils étaient trois à partager le même logement d'une petite ville poussiéreuse du nord du Maroc. Augustin *"le frenchy"* et deux Américains. Tous deux employés par une agence d'aménagement du territoire pendant qu'Augustin enseignait au lycée local. Mike Brant et son collègue Jack Lewis [2] étaient inséparables, au travail comme pour les loisirs. Ceux-ci se résumant à la musique. L'écouter certes, mais surtout la jouer. Ils s'étaient aménagés une petite cabane insonorisée sur la terrasse de leur logement en pleine médina. Les murs tapissés d'épaisses plaques de liège leur permettaient d'assouvir une passion commune pour les instruments à vent sans (trop) ameuter le voisinage. Jack et Mike aux pistons, cornets et autres trompettes, *"ça dégageait !"* Les trois amis ont ensuite continué leur chemin, chacun de son côté. Celui de Mike l'avait conduit en Suisse romande où il s'était fixé. Chaque fois qu'Augustin le pouvait, il passait le voir chez lui ou plus exactement, là où il jouait.

Augustin avait fini par intégrer *la bande d'amis Helvètes* de Mike. Le tout baignant dans une atmosphère légèrement décalée, un mix post soixante-huitard écolo, hors d'âge, avec des frappadingues de musique les plus diverses. Professionnels ou amateurs et aussi tellement chaleureux...

La fanfare de Mike se produit dans un festival très réputé la semaine prochaine à Genève, Charlie ou pas, il ne remettra pas son voyage.

"C'est pas maintenant que le retraité va arrêter ses ballades chez les petits-suisses" a décidé Augustin.

---

[2] voir *Soixante dix sept* et *Capilotades exquises*

Marie-Angela fait d'abord la moue en apprenant son départ imminent et surtout son nouveau rôle auprès de Charlie. Fort heureusement d'ici là, il y a une visite prévue chez Augustin. Celle de Manfred, le *presque-neveux*, et de plus, en famille ! De ça aussi, il s'entretient avec Marie-Angela qui a bien connu Manfred pendant toutes les années où ce dernier a *"squatté"* chez Augustin.

■ ■ ■

MARIE-ANGELA (soudainement tout sourire) : *alors comme ça, il arrive quand Monsieur Manfred ? Il sera avec sa madame et le bébé ?*

AUGUSTIN : *Oui il y aura Helena et leur petit Arthur.*

***

Augustin n'a pas eu de nouvelles de la petite famille depuis presqu'un an. Le jeune couple et leur bébé avaient alors passé quelques semaines chez lui. "*Une habitude pour Manfred*" avait ironisé Augustin, lorsqu'il les avait accueillis. C'était leur premier *break* depuis leur arrivée en Afrique de l'ouest. Ils y travaillent tous les deux pour une ONG "*à installer des fours solaires*". L'arrivée du bébé avait changé la donne et à la première occasion, ils avaient organisé un séjour à Paris, histoire de faire un check-up médical complet d'Arthur, *pédiatre et tutti quanti*. On a beau être idéaliste et généreux, quand il s'agit de sa progéniture, on ne sent pas coupable d'appartenir au monde des nantis doté d'un système médical performant.

Marie-Angela venait alors encore plus régulièrement que d'habitude dans l'appartement d'Augustin, inventant les prétextes les plus fallacieux les uns que les autres pour passer du temps avec le bébé. Elle rêvait d'être grand-mère, bonheur que sa fille ne lui avait pas encore accordé. *"Soyez patiente ça viendra quand ça viendra"* lui répétait Augustin, pourtant peu expert en la matière. Et donc sans parvenir à la convaincre.

Manfred et Helena n'étaient pas dupes et à vrai dire ravis d'avoir une baby sitter très disponible pour Arthur. Ils la recevaient toujours à bras ouverts. Leur départ pour retourner à leurs projets africains fut un coup dur pour Marie-Angela.

Aussi la perspective de leur passage, même court, fait sur elle l'effet d'une cure de jouvence. Elle ne pense plus qu'à préparer des petits plats et à broder au plus vite une couverture avec trois grands **A.** Un A pour Arthur d'accord, mais trois ? La calligraphie lui plaît, voilà tout. Elle vient d'une photo de publicité pour l'**A**merican **A**ssociation for **A**utomobile que sa fille en voyage lui a envoyée. Souvenir d'une panne à l'issue heureuse en plein désert Arizonien.

Cette attirance quasi obsessionnelle pour les trois A s'explique aussi pour une autre raison …

...

AUGUSTIN : *Marie-Angela ! Vous savez, AAA c'était une plaisanterie, son nom c'est Arthur ! Arthur de Gargan, ça peut faire ADG à la rigueur, mais pas AAA !*

MARIE-ANGELA (renfrognée) : *Oui, oui, mais j'aime bien comme ça.*

Il est vrai que le sigle de l'*American Association for Automobile*, un ovale cerclant trois grands A rouges écarlates, fait de l'effet sur le fond jaune de la couverture qu'elle prépare.

Manfred a un sens de l'humour qui n'est pas toujours très heureux. Cette histoire de AAA avait pris consistance alors que son épouse Helena et lui peinaient à s'accorder sur le prénom de leur enfant à venir. Après une énième discussion tendue, Il avait alors suggéré et par pure provocation,

"Triple A". Eh bien Oui ! Je suis Ariégeois, tu es fille d'un Américain et d'une Africaine, ça fait AAA, tout comme la surpuissante association américaine pour l'automobile chère à Marie-Angela. Triple-A, ce qui, "à la française" nous fait un superbe "Tripeul-É" !

Suivi d'un

"Alors oui ! Pourquoi pas Tripeul-É pour le bébé ?"

Manfred avait gentiment déliré sur cette histoire lors d'un appel skype à Augustin. Marie-Angela faisait alors le ménage dans l'appartement tout en écoutant, bien sûr, la conversation.

La sonorité de ce "*Tripeul-É*" lui avait elle plut ? Ou alors est-ce l'hilarité déclenchée chez Augustin - meilleur public qu'Helena sur ce coup-là - en tout cas "*Tripeul-É*" était resté le nom de code pour le futur bébé.

Marie-Angela avait beaucoup de mal à s'en défaire. Même une fois que le petit Arthur lui fut présenté sur skype par les jeunes parents, elle en resta à *Tripeul-É*.

A

Bazar et cécité

Chapitre trois

Mémoire, quand tu nous lâches et nous fâches !

Ce genre d'après midi d'un printemps balbutiant qui s'efforce de faire oublier une ultime poussée sibérienne sous un ciel bleu et lumineux. Le tout bien baigné dans une pollution très anticyclonique… Il faudrait un tremblement de terre pour faire bouger Augustin de chez lui. Il est bien au chaud et calé dans son fauteuil en cuir et il contemple le monde. Enfin, il parcourt les titres de son journal fétiche.

Marie-Angela est de sortie, aucun risque de ce côté-là. La petite famille hébergée vaque à ses occupations domestiques dans l'appartement. Charlie est d'un calme olympien, comme souvent en début d'après midi, a remarqué Augustin. Bref, un de ces moments que rien ne devrait perturber…

Manfred débouche dans le salon et s'enfonce dans le canapé qui fait face à Augustin. *Il n'a vraiment pas changé,* pense Augustin en voyant le jeune homme qui émerge à peine des coussins.

Certes le physique particulier de cet homme - petit en taille - bientôt quadragénaire peut difficilement changer. Du haut de son mètre cinquante, l'exaltation disproportionnée qui habite *ce "passionné-de-tout"* fascine toujours son entourage. Autant qu'elle ne le fatigue, parfois.

"*À se demander comment Helena survit face à cette pensée cataclysmique ambulante*".

Et là, en plus, de le voir écroulé dans le canapé comme un ado attardé, qui de plus se met à parler. Sans jamais s'arrêter…

...

MANFRED : *Si Augustin ! Il est urgent et vital de se réapproprier notre avenir laissé aux mains des algorithmes et des données accumulées par internet. Voilà pourquoi, je vais assister à ce workshop "cognition" à Reykjavik. Il y aura du beau monde et puis les Islandais sont au top sur le sujet !*

AUGUSTIN (désabusé) : *De mon jeune temps on disait séminaire pas workshop… Allons ! Manfred-le-Geek-Africain ! Tu cherches juste un prétexte pour retrouver notre chère Géhème [3] et pour te rafraîchir en famille en Islande !*

MANFRED : *OK ! Tu n'as pas entièrement tort, ça fera rudement plaisir de retrouver la marraine d'Arthur … ! Elle a pris du galon tu sais ? Elle s'est bien rangée la rebelle ! Un labo de neurosciences* l'a embauchée pour gérer toute son informatique ! La Géhème, elle est plutôt fortiche. Enfin je devrais dire* **Madame Sigríður Jónsdóttir***, elle a quitté la clandestinité…*

AUGUSTIN (l'air pensif) : *Oui, je sais, dommage que je ne sois plus vraiment dans le circuit pour prétexter une visite journalistique…*

---

[3] voir *Ainsi parla Bacbuc*

MANFRED (ironique) : *A mon tour, ne me raconte pas d'histoire, tu peux y aller aussi... Si tu voulais oublier la Suisse juste pour une fois ?*

AUGUSTIN (faussement contrit) : *Eh non ! J'ai promis d'aller voir mon pote Mike en concert à Genève, un truc prévu depuis longtemps...*

...

Il en est ainsi et depuis toujours entre les deux hommes. L'écart d'une génération ne peut rien contre une complicité - *sans lézard* - entre le *presque-neveux* et le *presque-oncle*, toujours prêts à s'asticoter gentiment.

Helena traverse la pièce et sourit devant le tableau, tout en surveillant Arthur alias Tripeul-é qui la suit et se met à sauter autour de la cage de Charlie. Celui-ci, peu impressionné par les cabrioles de l'enfant, lâche alors un superbe et tonitruant.

Fuck the Nazis !

Devant les regards étonnés de Manfred et d'Helena, Augustin tente une explication : il n'a pas pu s'empêcher de commencer l'éducation de son perroquet autrement qu'à reproduire ce que l'illustre *Prime Minister* avait réussi avec un autre Charlie.

"*Pas si mal d'ailleurs au bout d'une semaine, non ? Mais on va quand même repasser à France Culture, en mode intensif* ".

***

Sa toute récente *perroquet-thérapie* n'y fait rien. Augustin continue à éprouver d'étranges sensations de perte totale de souvenirs sur une période précise qu'il commence cependant à cerner peu à peu: le début des années quatre-vingt-dix. Il ne l'évoque pas devant ses visiteurs en transit qui partent se coucher. En revanche son attachement à rejoindre Genève n'est pas étranger à ce constat. Il a bien l'intention d'en parler à ses amis lors de son prochain passage chez Mike.

"Peut-être pourront-ils m'aider à comprendre ce qui m'arrive"

Le scénario qui l'affecte chaque nuit est maintenant bien établi. Cela commence par l'insomnie, vers deux ou trois heures du matin. Il se met alors à gamberger et à revoir en accéléré sa vie depuis ses vingt ans. Ce qui ne l'aide aucunement à se rendormir, bien au contraire.

Il a accumulé tellement de fatigue qu'il a fini par consulter. Un grand classique lui a dit son toubib. Un *truc de retraité qui a du mal à tourner la page,* voilà tout. Avec le temps etc. Peu enclin à prescrire des somnifères, Il l'a encouragé à pratiquer la marche. « *Beaucoup de marche, ça augmente la capacité de l'hippocampe * de 2 % !* ».

Il lui a aussi expliqué que le sommeil *saucissonné* des personnes âgées vient du temps où chez l'homo sapiens, les *"vieux"* devaient garder le sommeil léger pour faire le guet et permettre au reste du clan de se reposer en sécurité dans la caverne afin d'être en forme pour aller bosser et bastoner le lendemain…

"Je range peu et mal, mais de là à suggérer que mon appartement ressemble à une caverne de Sapiens..." Augustin en est resté là avec le corps médical.

Lors de ses séances nocturnes de cinéma insomniaque et autobiographique à travers les âges, Augustin bute toujours sur la même période en tout début des années quatre-vingt-dix. Un trou béant. Impossible de se rappeler ce qu'il a pu faire pendant quelques mois. Il a bien retrouvé sa *boîte à carnets personnels*, tout ce qu'il lit sur cette période lui semble étranger et peu explicite.

Et question internet, à moins d'avoir été célèbre, aucun secours à espérer chez *Google and Co* pour trouver un témoignage de l'activité d'un individu à cette époque. La presse spécialisée pour laquelle il a fait des piges n'a que très partiellement scanné les papiers témoins d'un passé *pré-internet*.

Le contraste avec la période actuelle l'effare. De nos jours, toutes les traces numériques laissées volontairement ou pas, permettent de suivre à la culotte n'importe qui ou presque. Même sans utiliser internet, en renonçant à tout moyen de paiement autre que les espèces et en ne se déplaçant qu'à pied, on est quand même filmé, identifié et répertorié. Voire noté comme maintenant en Chine avec une espèce de permis à point qui donne à chaque citoyen une *note sociale* résultant de son comportement, vie réelle ou sur Internet... Un peu las, Augustin contemple les albums photos éparpillés sur le sol. Celui des années quatre-vingt-dix ne l'a aucunement aidé. Quelques rares évènements familiaux, c'est tout. Il remarque aussi que les tirages papiers s'arrêtent au début des années 2010. *Comme chez tout le monde,* avec la montée en puissance de la photo numérique.

"Bon d'un côté, content d'avoir connu l'âge pré-numérique, mais merde tout cela ne m'aide pas beaucoup ! Qu'est ce qui s'est passé dans mon repaire à neurones pour me laisser un trou béant pareil..."

Augustin est fatigué. Il se fait tard. Il sait que comme d'habitude, il dormira peu et mal avant son départ le lendemain pour Genève. Il se dirige vers la cage de Charlie. Ses pattes sont comme enfoncées dans le corps de l'oiseau dont le ventre touche le perchoir. Sa tête est penchée vers l'arrière, à cent quatre-vingts degrés, posée sous les plumes scapulaires. Les yeux sont fermés. Silence complet et complice.

"Veinard"

Avant de rejoindre sa chambre Augustin rejoue sur son smartphone ce qu'il a enregistré la veille ; un tambourinement lent et irrégulier émis par Charlie avec son bec et ses pattes. Motif irrégulier alternant des coups secs et plus ou moins forts du bec alors qu'un *beat* plus lourd est généré par *un jeu de pattes aussi* surprenant qu'inattendu. Cela dure près d'une minute avant de s'interrompre puis de reprendre à l'identique plusieurs fois.

Charlie-le-batteur le réveille ainsi chaque matin depuis son installation chez lui. Une étrange et désagréable sensation l'envahit alors à chaque fois.

Ce qui ne l'aide en rien à se remettre d'une nuit au sommeil mité.

"Décidément..."

Chapitre quatre

Frissons & Feelings

Le site de *Jökulsárlón* est une lagune particulière. Sans doute la plus connue d'Islande. Des morceaux du glacier tout proche viennent s'y disloquer et flottent en se déplaçant à peine, sans destination apparente. Des blocs de glace de toute taille finissent pourtant par rejoindre la mer par un petit chenal qui traverse une plage noire d'un sable d'origine volcanique.

Tout est silence en ce lieu désolé, enfin si l'on excepte un léger crépitement, un bruit subtil mais omniprésent émis par une multitude de cristaux de glace qui se fragmentent. Cliquetis incessant dont on ne devine pas tout de suite l'origine, genre bande-son d'un film catastrophe. Pourtant rien ne se produit. Les blocs se déplacent lentement, sans s'entrechoquer.

"Fascinant non ?"

Sigríður Jónsdóttir ne peut résister à faire la guide après avoir récupéré ses visiteurs à l'aéroport tout proche de *Fagurhólsmýri*. Elle y a retrouvé Manfred, Helena et ce filleul qu'elle n'avait pas revu depuis sa naissance. Elle s'amuse à les voir déambuler sans un mot le long de la lagune, puis sur la plage. Elle les rejoint lorsqu'ils finissent par s'asseoir, un peu hallucinés à la vue d'un énorme *"glaçon"* bleuté de la taille d'un camion qui s'est immobilisé sur le sable. Aucun *"vrai"* bruit, juste ce léger crissement qui emplit l'atmosphère. On finit par admettre qu'il provient de la multitude de blocs éparpillés dans la lagune et sur la plage.

Sigríður surveille le petit qui, peu impressionné par la taille des dits glaçons se lève, bien prêt à se lancer vers l'eau pour en attraper un de sa taille.

HELENA (effectivement fascinée) : *Jamais vu ni entendu un truc pareil !*

SIGRÍÐUR (s'approchant avec Arthur) : *Nous autres Islandais, ça nous scotche aussi à chaque fois que l'on y vient. Écouter le silence prend son sens ici non ?*

MANFRED : *Tu m'inquiètes, une Islandaise qui exprime une émotion, un peu inhabituel non ?*

***

Allusion à peine masquée à sa dernière visite à Reykiavic lorsque Sigríður l'avait amené dans un café du centre de cette toute petite capitale. Il n'y avait pas rencontré la chanteuse Björk qui parait-il le fréquente mais s'était fait brancher par la gérante du lieu à la recherche de "*témoignages d'émotion.*

D'abord surpris, Manfred avait joué le jeu, encouragé par Sigríður.

"*Le partage d'émotions n'est pas notre fort à nous autres Islandais* avait gentiment expliqué la gérante, *et lorsqu'on a une visite d'étrangers, on en profite*".

Sur ce, elle avait prié Manfred de rejoindre une petite scène et d'y *partager l'émotion de son choix* devant le public clairsemé présent dans le café. Ce qu'il fit en bon soldat. Très vite les visages s'étaient tournés vers ce petit homme souriant. Tout le monde se tut pour écouter le *"partageur"*.

Fut-ce le thème choisi ? - il raconta son agression au musée Carnavalet [4] - ou sa manière de le faire, un récit court ponctué d'onomatopées et de mimiques ? Le tout se termina avec un café en pleurs. La gérante n'avait jamais vu cela et insista - en vain - pour que Manfred repasse régulièrement.

Sigríður, alias la Géhème, n'avait pas pu s'empêcher d'éclater de rire lorsqu'ils étaient sortis dans la rue. Elle avait vécu suffisamment longtemps *"hors de son glacier"* pour comprendre le problème de ses compatriotes, très mal à l'aise *"to express their feelings"* ...

***

Il se fait tard mais la nuit refuse obstinément de tomber en ce printemps qui annonce le *"temps long"*. C'est l'Islande. Sigríður a beaucoup de mal à arracher la petite famille du spectacle de la lagune de Jökulsárlón. Il faut repartir vers la petite - très petite - agglomération de Fagurhólsmýri et s'y installer, avant le démarrage du *workshop* le lendemain.

L'agglomération est minuscule, les bâtiments arborent un panel de couleurs vives. Passé quelques mai-

---

[4] voir *Capilotades exquises*

sons revêtues de bois peint, un édifice à peine plus grand fait office d'hôtel, d'auberge de jeunesse et d'épicerie à la fois.

"Pas difficile à trouver, juste avant le désert de pierres volcaniques", explique Sigríður

"Et puis en dehors d'une piscine sauna, c'est le seul bâtiment public de toute manière".

L'installation dans l'établissement est rapide et le petit groupe se retrouve dans un salon cosy autour d'un repas *"très typique"* à base de mouton archi-cuit, donc très tendre, que Tripeul-É déguste tout aussi avidement que les autres convives.

■ ■ ■

SIGRÍÐUR (le regard fixé sur Tripeul-É) : *Bon, pour le workshop de demain on y va à trois OK ? Pas de souci pour Arthur, vous connaissez Kheezran [5], elle est maintenant stagiaire à l'Institut et je l'ai libérée demain pour faire la baby sitter. Le seul risque avec elle, c'est qu'elle tente de lui expliquer les principes de la pensée algorithmique.*

HELENA : *Ça ne peut pas être pire qu'avec son père qui veut déjà lui apprendre à coder... Il y aura du monde au séminaire tu crois ?*

SIGRÍÐUR : *C'est relatif, mais si on considère le coin paumé où ça se déroule, oui. Quelques pointures en neurosciences je crois. En fait c'est le patron de l'institut qui organise le truc de demain. Un drôle de loustic. Il s'appelle Stig Tomson. Vous verrez par vous-même. Quant à toi Manfred, même*

---

[5] voir *Ainsi parla Bacbuc*

pas en rêve, n'essaie surtout pas de le brancher sur l'intelligence artificielle, sinon je t'étripe.

MANFRED (le doigt sur la bouche) : ...

***

Sigríður est très heureuse de retrouver ses amis. Son retour en Islande l'an passé n'était pas le résultat d'un coup de tête, même si la séparation avec sa compagne en France avait un peu précipité l'affaire.

Une offre pour un job de rêve ! Mettre en place et diriger l'informatique d'un des instituts laboratoires du "**Human Brain Project ***, situé dans son pays natal. Difficile de refuser. Projet ambitieux s'il en est, lancé en 2013 en Europe,

"pour créer de nouveaux outils, mieux comprendre le cerveau et ses mécanismes de base, appliquer ces connaissances dans le domaine médical et contribuer à la création de l'informatique de l'avenir"

"Rien que ça...", souligne Sigríður en riant.

Mais bon, au-delà du job, si passionnant soit il, il est une chose de retrouver sa culture, renouer avec ses habitudes et une certaine aisance matérielle, il en est une autre d'effacer des repères construits à grand-peine *"en territoire étranger"* et surtout de perdre la proximité de ses amis.

Sigríður a beaucoup aimé vivre en France et le retour au bercail ne s'avère pas toujours évident.

"C'est le syndrome d'une expatriation réussie qui s'achève avec mélancolie suite au retour au pays", lui confirme Helena. Elle a connu cela avec ses parents installés en Angleterre et finalement bien contents d'y rester après avoir tenté de rentrer au pays. L'argument plaît à Sigríður. Quoiqu'un peu inquiétant quant à ses chances pour un retour définitif en Islande.

La soirée se prolonge, il fait encore un peu jour à minuit et une promenade dans le désert de pierres de lave leur permet de parler du futur.

Se projeter dans l'avenir, voilà une pratique intensive propre à tout jeune parent débutant. Ce soir, c'est plutôt le futur proche du retour en Afrique qu'évoquent Manfred et Helena. Leur très jeune enfant semble mal supporter les fortes chaleurs. La perspective d'un été très chaud aux tropiques ne les rassure pas. Sigríður les écoute avec attention et finit par lancer *cash* et radieuse,

"Et pourquoi ne pas me laisser Arthur pendant un mois ? Je me ferai aider. Kheezran doit bosser, mais les jeunes islandais font d'excellents baby sitters. Et question émotions ils savent les contrôler ..."

Manfred et Helena se regardent, surpris... Mais pas tant que cela au final.

Ce soir cela sera Champagne et jus de papaye.

Chapitre cinq

Un expert de l'hippocampe, pas très à cheval sur les principes

Le laboratoire, pompeusement appelé *"Institut Islandais du Cerveau"*, est situé sur la route de Reykjavik. À peine à un quart d'heure en voiture de Fagurhólsmýri. Enfin ça, c'est l'été.

...

SIGRÍÐUR : *... En hiver, c'est plus long et plus sportif, avec un blizzard violent, en pleine obscurité et la neige qui tombe ... à l'horizontal !*

MANFRED : *Genre chute asymptotique ? Bon, sérieux maintenant, à quoi faut-il s'attendre ce matin "à l'Institut" ?*

SIGRÍÐUR : *On y est spécialisé sur l'hippocampe *, ce morceau de cerveau qui ressemble à l'animal marin et qui est pas mal impliqué dans la fabrique de la mémoire. Je m'occupe des simulations informatiques de tout ce bazar, sur des bécanes très puissantes et qui aiment bien aussi être refroidies. D'où le choix du site à côté du glacier. À part les ordinateurs des "mineurs de bitcoins", on a ici les serveurs informatiques les plus gourmands et les plus chauds aussi...*

MANFRED : *Appétissant tout ça ...*

Bazar et cécité

SIGRÍÐUR : *Quant à Stig Tomson, c'est le manitou de la recherche sur le sujet. Il a commencé par des singes et maintenant, il s'est mis en tête de passer à l'homme ! ... C'est de cela dont on va causer, enfin façon salon, c'est un peu du grand public. Il veut "faire de la communication" avant tout...*

HELENA (un rien moqueuse): *J'aime bien ta manière de résumer les interventions des spécialistes, je lis sur le livret d'invitation; "les sciences cognitives* rassemblent six disciplines liées entre elles, les neurosciences, l'intelligence artificielle, la linguistique, l'anthropologie, la psychologie et la philosophie ». Excuse du peu !*

SIGRÍÐUR (l'interrompant gentiment) : *Et il y a le pognon aussi... Mais ça, ça m'étonnerait qu'on en parle. Quant à l'I.A. qu'on y développe, on est encore très loin d'atteindre le niveau de ton fils !*

      Helena et Manfred échangent un regard amusé. C'est bien *"leur"* Géhème, alias Sigríður, telle qu'ils l'aiment.

***

Stig Tomson rejoint la scène de l'amphithéâtre d'un pas assuré et s'installe au milieu du panel d'experts qui participent au séminaire. Une fois assis, il saisit calmement le micro et regarde la salle longuement. Il a soigneusement préparé son effet. Affichant soudainement un visage inquiet et dans un élan très théâtral, il lance...

"Fictif ! moi, fictif ? Vous rigolez" !

Puis le scientifique adopte une posture plus classique et *professionnelle* et reprend

"*C'est par ces mots, que le premier cerveau artificiel aurait apostrophé son interlocuteur lors de leur première conversation. Sans savoir que cet interlocuteur était, lui aussi, une machine !
OK ! Nous n'en sommes pas encore là, mais que de chemin parcouru depuis le temps ou IBM venait chasser les spécialistes islandais de "DeCode Genetics" au début des années 2000, j'en étais.*"

...

MANFRED (chuchotant à l'oreille d'Helena) : *pas mal l'effet d'entrée, ça réveille l'audience ! Mais dis-moi, il s'aime beaucoup aussi le savant ou je me trompe ?*

SIGRÍÐUR : *Chut !*

...

Stig Tomson a déjà repris le cours de son intervention. Il y est question des recherches en cours au centre pour le compte du "*Human Brain Project *. Ce gigantesque pari sur le futur !* "

Il y est aussi beaucoup question de lui. Le parterre attentif semble avoir l'habitude du personnage et si ce n'est quelques sourires esquissés ou de brefs regards échangés, on dirait même que le public lui est entièrement acquis.

...

STIG TOMSON : *On le sait bien de nos jours, l'hippocampe, cette structure située en profondeur dans le cerveau humain, joue un rôle considérable dans l'apprentissage de la mémoire. Structure vivante, évolutive ! Demandez donc à un chauffeur de taxi londonien comment son travail a évolué ces dernières années. Il vous parlera d'Uber c'est probable, mais aussi du GPS Waze sur son tableau de bord...*

Il ne le sait peut-être pas, mais la taille de son hippocampe a diminué depuis que ce Waze a supprimé la nécessité de retenir toutes les astuces de la conduite dans le grand Londres. Il n'a fallu que quelques années, pour que la fonction humaine de repérage s'atrophie.

Alors quoi faire ? On pourrait dire comme certains qu'il sera bientôt recommandé de n'utiliser le GPS qu'avec modération ? Comme le bon vin ?

Eh bien je préfère affirmer au contraire, qu'au lieu de les subir, nous sommes très proches de pouvoir intervenir et maîtriser ces évolutions de l'hippocampe !

Un premier pas... vers la puce neuronale qui permettra d'« augmenter » votre cerveau !

...

Stig Tomson est un grand et maigre gaillard originaire de Copenhague. Pas le genre blond aux yeux bleus, comme on l'attendrait d'un Danois. La peau un peu mate, visage aquilin, Il porte plutôt bien sa cinquantaine mais est déjà quasiment chauve. Il a commencé en Islande comme chercheur détaché au *Reykiavic Human Behavior Laboratory*. Une belle carrière opportuniste plus tard, il dirige maintenant l'*Institut Islandais du Cerveau* . Appellation pompeuse d'un laboratoire rattaché au *Human Brain Project*.

Sa réussite ne satisfait pas un ego assez démesuré. Pour l'heure, son intervention se termine. Il suffit de voir son regard déçu balayer une assistance garnie, mais par trop discrète. Pas une ovation, quand même pas, mais il espère au moins des questions difficiles… ! Il pourrait alors briller, sortir du domaine de recherche de *"son"* institut pour montrer sa maîtrise des sciences cognitives !

"Avec plus d'argent et surtout de pouvoir qu'est-ce qu'il le montrerait à cette bande de médiocres. A coup d'intelligence artificielle et tout le toutim…" Pense-t-il, mais non rien, juste les applaudissements de rigueur.

Il garde cette amertume pour lui. En sortant de la salle de conférence, il reconnaît Sigríður qui lui lance un compliment d'usage, avec en prime un sourire poli. Stig a toujours été frustré de ne pas être un expert en informatique et de devoir dépendre de tous ces "geeks". Une femme en plus ! Mais les compétences très recherchées de Sigríður le servent, c'est ce qui compte pour lui.

Il esquisse lui aussi un sourire et se dirige sans s'arrêter vers son bureau. Après tout, il a quand même cartonné et va pouvoir avancer dans ses travaux, bien reconnus au sein de la communauté savante du *HBP* !

***

Le séminaire s'est achevé avec un rendez-vous pour le soir même au sauna piscine, comme souvent en Islande. Cette sociabilité aquatique a de quoi surprendre le visiteur non averti mais Manfred et Helena adhèrent à l'idée sans hésitation, après néanmoins s'être assurés que des maillots étaient en vente au sauna. Indispensable pour une génération prude, il va sans dire.

SIGRÍÐUR : *Ça va vous coûter cher en garde d'enfant tout ça… Mais avant d'aller faire trempette, je vous fais visiter l'institut !*

Manfred et Helena s'étaient maintenus en retrait lorsque Sigríður a salué Stig Tomson. Ils la taquinent suite au bref échange *avec son patron*.

HELENA (moqueuse): *je ne te savais pas aussi respectueuse de la hiérarchie… J'avoue que je suis impressionnée. Toi, l' ex-hacker, en toute en onctuosité avec sa hiérarchie …*

SIGRÍÐUR (souriante): *Je m'attendais à votre réaction… Bon, le gars est surprenant et il est en plein ego trip. Mais il faut bien que j'assure mon budget. Il décide de tout ici… Venez voir les bécanes informatiques, c'est du lourd. On ira rejoindre la foule aux bains chauds un peu plus tard.*

Manfred et Helena suivent leur guide et accèdent rapidement au bâtiment principal de *L'institut Islandais du Cerveau* comme le précise un énorme panneau bilingue. Cela vaut mieux, la langue islandaise a ses mystères…

L'entrée débouche sur une très belle verrière vers laquelle convergent trois grands halls. Vaste espace inondé de lumière, avec en son centre quelques divans et tables basses, un comptoir équipé pour faire du café et un distributeur d'ice-cream. Une des tables supporte ce qui ressemblerait à un Jeu d'échecs, mais avec 3 niveaux transparents superposés. "*Ça suinte le geek*" ne peut s'empêcher de penser Manfred en se remémorant le *Sheldon* de la série culte *Big Bang Theory*. Le lieu est désert, enfin si l'on excepte une énorme peluche qui trône sur l'un des divans. Un grand singe noir de taille humaine qui arbore lunettes de soleil et écouteurs.

SIGRÍÐUR (toujours souriante) : *Oui je sais cela étonne... Mais il fait partie du paysage. En fait c'est une référence aux travaux du patron qui a beaucoup étudié les singes Bonobos. Il en a même apprivoisé un qui vit chez lui, mais je ne m'aventurerais pas à le chahuter. Le singe, je veux dire...*

MANFRED : *J'adore le nom donné aux couloirs. Dans le genre "on se la joue un peu", Avenue des Neuro sciences, Boulevard de la linguistique et anthropologie réunies, Allée de l'I.A. Y aurait pas comme un léger complexe d'infériorité mal géré chez tes collègues ?*

***

La piscine sauna se trouve juste à côté de l'Institut. *"L'autre"* bâtiment collectif de la petite agglomération. La plupart des salariés habitent dans la petite ville voisine mais viennent y socialiser. Histoire de ne pas manquer les potins du jour, ni les aurores boréales. On peut être islandais ou y être installé depuis peu, il n'est pas question de rater cet entre soi dans un bain chaud, avec possibilité d'être à l'extérieur quelle que soit la température ambiante; vue garantie sur le voile *"cosmique"* et grandiose aux couleurs changeantes qui balaye le ciel. Même si, en ce début de printemps, la courte nuit offre peu d'opportunités.

Stig Tomson n'est pas le dernier à profiter du sauna dès qu'il le peut. Belle occasion aussi pour lui de jouir d'une autorité qu'il pense liée à son charisme séducteur et irrésistible. Pas sur le terrain sexuel, ce n'est pas le genre du bonhomme. Comme Sigríður l'explique à ses amies, il aime juste être *simplement adulé* et met tout en œuvre pour qu'on soit reconnaissant d'avoir pu le rencontrer... Séduction et manipulation, armes familières à cet homme à qui on ne connaissait pourtant pas d'autres relations proches que celle de son Bonobo.

...

HELENA (intriguée) : *Donc pas de promotion canapé, pas de droit de cuissage exigé ?*

SIGRÍÐUR (ironique) : *Et non, faut dire aussi qu'avec moi... De plus, il y a la parité homme femme dans ses équipes, avec autant d'incompétents dans chaque sexe ! Non, non Stig est un patron respecté. Et il est aussi un égotiste de compétition, je te l'accorde...*

***

La conversation entre les deux amies se déroule en Français dans le vestiaire. Prudente complicité et gage de discrétion.

"Sigríður reste La Géhème, définitivement" se rassure Helena.

Elles quittent ensemble la douche et rejoignent Manfred alors qu'il pénètre dans le premier des bains. Celui dont la température est encore raisonnable. Le premier d'une série qui affiche une température de plus en plus élevée jusqu'à atteindre plus de quarante degrés Celsius. Un vent frais s'est levé et balaye le bassin mais les quelques pas hors de l'eau pour passer au dernier bain sont tranquilles, tant on a déjà accumulé de chaleur pendant les trempettes précédentes. On reste loin de l'image d'Épinal du roulé-boulé dans la neige avant de se jeter dans l'eau bouillante mais l'idée y est. Et surtout, *"qu'est-ce qu'on se sent bien, au chaud et dehors en même temps"*.

STIG TOMSON (bien entouré, pointant de la main les trois amis qui arrivent) : *Ah ! Voilà mes visiteurs du jour ! Sigríður ne vous a pas présentés tout à heure ! Ce n'est pas tous les jours que des spécialistes de l'intelligence artificielle visitent notre Institut.*

Toujours très bien informé, il accorde le compliment au couple tant en sachant bien que seul Manfred a eu son moment de gloire dans le domaine. Puis il reprend le cours de son exposé, sans leur laisser le temps de réagir.

"Tous ces efforts de simulation informatique - son regard fixe malicieusement Sigríður *- seront vains si l'on ne crée pas en même temps les passerelles entre l'information génétique, les réactions moléculaires, la biologie et les mécanismes de la pensée. Neurosciences ? Oui bien sûr ! Mais pas seulement ! Les Sciences cognitives* au complet, voilà l'enjeu !"*

Ni Manfred, ni ses deux voisines ne réagissent. Inutile, ils savent que ces grands mots, d'un discours bien rodé, s'adressent à l'aréopage béat qui entoure le *"boss"*. Il y a une dizaine de personnes en maillot autour du *professeur* dans le bassin fumant. Le ciel est dégagé, un léger voile le parcourt sur tout l'horizon passant du vert à l'orangé.

La nuit est très avancée. Il fait *enfin* noir. Pendant que l'échange se termine entre les scientifiques, les superbes aurores boréales se déploient dans le ciel. L'auditoire, *habitué*, s'extasie peu devant le spectacle grandiose. Enfin à l'exception des visiteurs. Manfred ne peut s'empêcher de sourire. Il pense aussi à ses collègues en Afrique. C'est finalement bien *l'open space* pour travailler....

***

Plus tard, sur le chemin de retour vers l'hôtel, Sigríður explique que le *Human Brain Project* est actuellement vivement critiqué pour certaines prétentions quasi *transhumanistes* *, au dire de ses détracteurs. Les *politiques* ont décidé que tous les labos doivent maintenant se concentrer sur la compréhension du fonctionnement du cerveau,

"*Fullstop ! La cartographie du cerveau oui, le cerveau artificiel, on oublie !*"

Au grand dam des ambitieux, dont Stig Tomson fait partie. Il a déjà eu son heure de gloire lorsqu'il a étudié les singes *Bonobos* et il veut maintenant être reconnu internationalement pour ses recherches sur l'humain.

...

SIGRÍÐUR : *Ah il s'est bien amusé avec ses singes, l'individu. Neurosciences cognitives appliquées aux primates... Rien que ça ! Il prétend aussi qu'il est parvenu à modifier le comportement de certains. M'étonnerait pas que cela soit le cas de son Bonobo à la maison.*

HELENA : *Et l'hippocampe ?*

SIGRÍÐUR : *C'est sur quoi on travaille ici. Le lien entre l'enregistrement mémoriel et le lieu concerné. Comprendre comment et où cette mémorisation s'inscrit dans le cerveau, évolue ou disparaît.*

Sigríður est secrètement ravie d'expliquer son nouveau job, elle reprend

Tenez, un exemple : vous avez déjà marché sur un trottoir roulant dans les transports en commun ? Avec la petite transition à gérer lorsqu'on accède au trottoir en mouvement ? Eh bien, quand le tapis est en panne donc immobile et qu'on y fait le premier pas sans s'en être aperçu, on perd légèrement l'équilibre, car le cerveau a appris et a mémorisé la manière de faire le premier pas sur un trottoir en mouvement. C'est son boulot principal d'anticiper ! Il s'attend à un déplacement qui ne vient pas, compense néanmoins ... Et on perd un peu l'équilibre sur un tapis qui ne bouge pourtant pas... Très amusant à voir dans le métro à Paris, je m'en souviens bien. Et aussi sur des cobayes avec des capteurs sur la tête, même si c'est un peu compliqué à organiser... Encore plus de comprendre comment la mémoire est impliquée dans ce bazar...

MANFRED : *Et toi, Ton truc c'est d'enregistrer, de modéliser et de faire simuler tout ça par tes super calculateurs ?*

HELENA : *Oui. Avec un boss un peu mégalo, voilà tout...*

Chapitre six

Le Cercle des Certitudes Disparues

Augustin Triboulet est toujours pressé de revoir Mike et la petite bande qui gravite autour de ce personnage haut en couleur. Perspective de quelques bonnes soirées animées et aussi de balades dans le Genevois : une belle campagne, un peu trop policée à son goût mais tellement commode pour vagabonder. On y part *"à l'aventure"* , pour flâner le long du Rhône, se perdre dans les vignobles ou encore cheminer en forêt jusqu'au pied du Jura. Et puis, quand on en a assez de marcher, il y a toujours un bus, une navette ou un autre moyen de transport pour revenir au centre ville. Un pays très bien organisé, vraiment. Très utile lorsqu'on est un peu distrait de nature, comme Augustin.

Cette fois, son impatience est doublée d'une folle envie de partager son récent *"désarroi mémoriel"* avec ses amis. C'est ainsi qu'il parle désormais de ses troubles de sommeil. Il pense en particulier aux amis *"savants"* qui forcément vont lui expliquer ce qui se passe dans sa tête... Il y en a quelques-uns dans cette assemblée informelle d'individus rencontrés ici et là, surtout lors de concerts de la fanfare de Mike. D'amitiés en amitiés, de concerts en balades, le réseau s'est constitué, disparate, mutant mais solide.

Ce qui les caractérise ? Impalpable, car chaque individu paraît accaparé par une passion dévorante. C'est la musique pour Mike et quelques autres mais cela peut-être aussi aussi les sciences, l'art pictural...

Augustin, qui aime les mots compliqués, prétend que ses amis constituent *"un gang de faux misanthropes obnubilés par leur trip perso"*. Il s'est longtemps demandé quelle était "*sa véritable passion à lui*". Sans réponse évidente, il s'est résigné à l'idée que son empathie naturelle doit plaire à ces passionnés égocentriques qui ont fini par l'adopter. Et ce depuis de nombreuses années déjà.

Une espèce de *Cercle des Certitudes Disparues* où le jusqu'au-boutisme de l'un ne résiste pas longtemps à la raillerie amusée des autres. On s'y connaît trop bien, défauts et talents, réussites et cassages de gueule compris, pour se raconter une réalité plus belle qu'elle ne l'est.

Au centre du *cercle* il y a *Mike-le-musicien* bien sûr et quelques *fidèles, Séraphin Galvaud*, un éminent scientifique quelque peu dévoyé par son amour du jazz et des femmes, *Donu Patacchini*, un vieux corse installé en Suisse *depuis toujours*, accro forcené à la *musique concrète* : un art acousmatique peu prisé du grand public, il faut bien l'admettre. Et puis aussi la sœur de Mike, *Lisbeth* qui partage son temps entre Genève et les États-Unis. Collectionneuse réputée, elle pratique l'achat et la vente d'objets d'art. Elle collectionne les amants aussi. Augustin en a fait partie. C'était il y a longtemps, il y a prescription.

★★★

Augustin a prévu de retrouver Donu Patacchini avant le concert que donnent ce soir Mike et sa fanfare. Le TGV l'amène à *Genève centre* à midi. Le temps est agréable et Augustin décide de snober le tramway pour marcher jusqu'au Rhône. La traversée par l'île Rousseau fait partie de son rituel. Le vieux Genève où réside son vieil ami est situé sur l'autre rive, juste en face. Une petite grimpette par la Grand-Rue l'amène non loin de la cathédrale Saint Pierre. Quartier animé par le passage des touristes amateurs de vieilleries et parsemé de quelques discrètes officines d'avocats d'affaire, loin des quartiers clinquants. Changement de décor et d'époque comme ceux qu'affectionne Augustin, grand amateur de vieilles pierres devant l'éternel... Même quand les pierres suintaient l'argent comme ici à Genève.

Il arrive devant l'immeuble qu'il connaît bien. Avec en premier lieu cette vieille porte, munie d'un petit heurtoir en forme de tête de cheval. Superbe moulage en cuivre poli par les frottements. Il y a aussi un décrottoir, objet en quasi-disparition. Deux marques distinctives plus efficaces qu'un numéro anonyme, néanmoins affiché sur le côté près d'une sonnette, qui du coup parait anachronique.

Il y a une routine. D'abord le décrottage symbolique de chaque chaussure, suivi de trois magistraux coups de heurtoir à l'aide du *marteau-tête-de-cheval*. Voilà comment il aime s'annoncer en arrivant au domicile ou plus exactement à *l'atelier* de Donu Patacchini.

Atelier musical, aime à préciser l'individu âgé qui ouvre la porte à Augustin.

Il porte une blouse blanche surannée, genre professeur de chimie. Blanche, si l'on excepte quelques tâches toutes fraîches, de nourriture semble-t-il. Le port de lunettes noires ajoute une touche particulière qui n'émeut pas Augustin. Ils se connaissent depuis trop longtemps.

AUGUSTIN : *Oh ! Désolé Donu, je suis un peu en avance, tu n'as pas terminé ton repas ?*

DONU : *Perspicace, mon Augustin ! Avoue que ma tenue de bombance en jette un peu non ?*

Augustin a souvent partagé les repas de Donu. Il ne peut pas être surpris. Donu est aveugle. Il vit seul et est donc nécessairement très organisé. Ne serait-ce que pour se protéger. Cela inclut son *image*. Pouvoir manger sans personne pour lui dire s'il a maculé ses vêtements ou pas. La blouse protectrice de chimiste fait partie de sa panoplie de tenues dédiées à chaque activité.

Un accident à l'adolescence lui a fait perdre la vue. C'était en Corse. Augustin n'a jamais pu avoir de détails sur la nature de l'accident. Donu raconte une histoire de fusée qu'il préparait avec des copains. Il était chargé de la préparation d'un mélange propulseur explosif quelque peu innovant. Un essai mal goupillé *et boum*, il avait perdu la vue.

Des explosifs pour sûr, mais pour la fusée, Augustin avait des doutes. Donu était plus évasif encore sur les circonstances de son installation en Suisse quelques années plus tard. Il ne semblait pas avoir manqué d'argent et avait pu s'installer dans ce grand logis non loin de la cathédrale, il y a prés de cinquante ans de cela maintenant.

Donu avait découvert la *musique concrète* au début des années soixante. Des amis l'avaient amené écouter une nouvelle version du *Concert de bruits* de *Pierre Schaeffer* à Paris. Il en était resté bouleversé. Pour la première fois, son handicap lui faisait découvrir un monde que d'autres peinaient à appréhender, encore moins à apprécier. C'est à partir de cette époque que *l'atelier musical* prit forme dans une petite pièce pour ensuite s'agrandir et envahir, petit à petit, tout son domicile.

Les sons ! Leur genèse, les mille et une façons de les triturer, de les enregistrer, de les rejouer. Il avait fallu du temps, de la patience et de l'argent, pas mal d'argent, pour arriver à ses fins: pouvoir composer de la musique en créant des sons mêlés à des enregistrements d'instruments les plus divers. Sans parler des synthétiseurs électroniques dernier cri. Il était très fier d'avoir aménagé au fil du temps ce véritable *laboratoire* qu'il aimait faire essayer par ses visiteurs.

Augustin en était. Et des plus réguliers. *Depuis toujours*. Il a d'ailleurs pas mal œuvré à son installation et son entretien. Lors de chacun de ses passages, il est réquisitionné pour déplacer les équipements, effectuer des réglages et tester les sons imaginés par le musicien. Pas peu fier d'être, à chaque fois, les yeux complices de l'artiste.

Connivence partagée avec les autres membres de la bande qui gravitent autour de Mike et fournissent des enregistrements d'instruments parfois très exotiques. Tout ce petit monde est ainsi régulièrement réquisitionné par Donu, mais Augustin reste de loin le plus assidu et accroché à ce véritable « *culte au son* ».

Le temps passé dans ce labo ! Pense Augustin en entrant dans le vestibule encombré, mais très ordonné. Il s'arrange, lors de chaque voyage à Genève, pour passer au moins une soirée avec Donu dans cet univers fascinant, sa *fabrique à sons...* Sauf que cette fois-ci, c'est lui qui lui apporte un *"son"*.

Déjà Donu l'entraîne dans la cuisine. Il se dirige sans hésitation dans son petit univers domestique. Aucun obstacle imprévu au déplacement n'y est toléré, Augustin sait bien où poser ses affaires dans une petite pièce *"dédiée aux encombrants"*. Lorsqu'il rejoint la cuisine, Donu a déjà repris son repas interrompu. Augustin reconnaît le fond musical ambiant, un des favoris de son ami, *"la messe pour le temps présent"* de *Pierre Henry**, le premier grand succès de musique électroacoustique à avoir atteint un large public.

DONU (entre deux bouchées) : *oui ça ne nous rajeunit pas, mais ça m'est venu cette nuit. Il fallait que je réécoute pour la dix-millième fois du Pierre Henry aujourd'hui.*

AUGUSTIN (L'opportunité est trop belle) : *de mon côté question nuit, je ne suis pas gâté en ce moment.*

DONU : *toujours ces insomnies dont tu me parlais ?*

AUGUSTIN : *pire, et puis il y a aussi une surprise. J'ai maintenant un perroquet dans l'appartement et l'animal - c'est le mot - me réveille au son du tambour.*

DONU : *c'est pourtant mieux qu'un réveil aseptisé non ?*

AUGUSTIN : *sauf que ça me met dans un drôle d'état, une sorte de torpeur à chaque fois que j'entends cette séquence. Je ne sais pas si c'est le rythme ou plutôt les variations de rythme qu'il pratique, plutôt bien d'ailleurs... En tout cas je voudrais te faire écouter ça...*

DONU : *allons-y, on finira le repas après, ce n'est pas tous les jours que tu nourris le vieil âne avec du son !*

✱✱✱

Les deux complices sont maintenant confortablement installés dans le *labo*. Augustin a connecté son smartphone sur l'impressionnante installation. Il saisit une télécommande et déclenche la lecture. Le son amplifié se déverse en pleine puissance dans la grande pièce. Augustin, préparé, s'efforce de rester impassible en dépit du malaise ressenti qu'il reconnaît bien. Il se tourne vers Donu.

Celui-ci est d'abord très attentif puis son visage semble se décomposer au fur et à mesure de la courte audition. Il reste silencieux. L'enregistrement se termine après les quelques minutes de tapage impressionnant qu'Augustin connaît trop bien. Il s'apprête à l'interroger mais déjà Donu se lève et l'air presque agacé retourne vers la cuisine.

DONU (bougon) : *Et c'est pour ça que tu as dérangé mon repas ?*

Avant de lâcher un éclat de rire, comme pour donner le change. Il retourne s'asseoir et reprend son dessert là où il l'avait interrompu.

Il ne sera plus question de l'enregistrement de toute l'après-midi. Augustin d'abord surpris par cette réaction, accomplit les différentes tâches domestiques de la liste que Donu prépare pour tous ses visiteurs annoncés. Il est amer devant le peu de considération de son ami. Il espérait beaucoup un avis sur cette rythmique surprenante que Charlie émet chaque matin et aussi sur ses trous de mémoire... Après tout ils se connaissaient déjà bien à l'époque *sans souvenirs* qu'il essaie de reconstituer. Mais Donu reste bourru. Il n'est pas *connecté* aujourd'hui, en tout cas pas avec lui. Il se contente d'accaparer la parole pour commenter les dernières émissions de radio, dont il vante une fois de plus les mérites à un convaincu.

...

DONU : *La radio ça favorise l'imaginaire. Ah ! Une pièce de théâtre sur France Culture ! Du bonheur à l'état pur ! On ne subit pas "les blancs en image", c'est bien plus harmonieux que la télé couleur.*

Augustin sourit à l'idée cette télé couleur que Donu n'a jamais pu voir. Pas rancunier, il lui donne rendez-vous pour *écouter Mike et sa bande* le soir même *au hangar*.

"De quoi se changer les idées".

Une fois son visiteur parti, Donu retourne dans son labo avec peine. Ce ne sont ni le poids des ans qu'il a pourtant nombreux, ni l'effet de la bouteille d'un excellent *Clos des Abbayes* qu'ils ont partagée - "*Ah ces vins de Lausanne qui créent joyeusement des passerelles entre la ville, la nature, les êtres et les traditions, dans un esprit contemporain*", comme le chante la pub... - Non, c'est autre chose. Autre chose qu'il croyait enterré depuis très longtemps. Enfin, pas assez profond semble-t-il. Mais d'abord, continuer à donner le change et se préparer pour ce soir...

***

Il y a, dans toute ville, des lieux un peu *décalés*, hors normes. Cela fait partie du jeu urbain. Celles qui ont le privilège d'être traversées par un fleuve ont tendance à en profiter et à en planquer quelques-uns sur l'une ou l'autre rive. Genève comme les autres. Il suffit de quitter le centre propret et de passer sur la rive gauche pour longer le Rhône sur le sentier des Saules qui mène au confluent du Rhône avec l'Arve. Une succession de bâtiments plus ou moins récents révèle diverses architectures sans grand intérêt, selon Augustin. Le *béton-verre-ferraille* n'est pas son truc.

Pourtant on y sent une vie qui doit s'y exprimer - hors piste - le soir. Tard. Perspective qui le fait marcher joyeux d'un pas rapide vers un entrepôt situé près de la jonction des deux affluents. Il identifie immédiatement un de ces lieux improbables, l'élu pour une soirée qui sera musicale, pour commencer.

***

Ce soir, Mike a la trompette tournée vers les étoiles. Une connaissance accueille Augustin sur cette affirmation sans appel à l'entrée d'un hangar entièrement couvert de tags de couleurs vives. Il lui explique que Mike a passé l'après-midi à répéter seul sur la terrasse de l'énorme édifice. Ses solos sont toujours source d'une (légère) inquiétude pour la fanfare. Il faut dire que Mike est imprévisible. Fiable certes, mais toujours surprenant. Il avait rejoint un groupe de musiciens de tous âges, peu de temps après son arrivée à Genève à la fin des années soixante-dix. Très vite adopté, il ne l'a pas quitté depuis. Une quarantaine d'années, au cours desquelles il a aussi développé une carrière d'ethnomusicologue.

D'où de très riches apports pour la fanfare, sans aucun doute. Initiatives qui ont parfois le don de faire partir en vrille l'ensemble musical. Surtout lorsque Mike introduit un nouvel instrument à vent - son domaine - ou simplement une nouvelle manière de se servir de sa trompette. Par exemple, il peut passer allègrement de la *Reita* marocaine, au *cor des alpes*. Dans ce dernier cas de figure, au grand bonheur des membres de la fanfare presque tous originaires du *Jura Suisse*. "Leur" canton-république n'est pas encore internationalement reconnu sans que cela n'ait empêché Mike de composer - pour cet instrument encombrant - un hymne national, à tout hasard.

Mike répond de loin au salut d'Augustin tout en continuant à jouer seul des mélodies tziganes endiablées, sa dernière passion. Augustin est arrivé en avance - le concert démarre tard le soir - car il doit rencontrer Séraphin Galvaud, un autre *"groupie"*. Il espère aussi avoir plus de succès avec lui qu'avec son ami Donu Patacchini.

Il s'est dit que le récit de ses troubles récents pourrait intéresser un interlocuteur, également connu dans la bande pour un franc parler parfois cassant, mais aussi *très curieux de tout*.

Il y a encore peu de monde dans la très grande salle qu'Augustin traverse. Il y repère vite un Séraphin Galvaud déjà bien installé ; l'heure est à l'échauffement et une bouteille largement entamée de vin blanc de Lausanne (encore…) trône sur la petite table qu'il rejoint aussitôt.

...

SERAPHIN : *Augustin, la mémoire c'est comme le gruyère, enfin le vrai ! Il n'y a pas de trous. En revanche la saveur s'y diffuse quelque part sans qu'on sache dire exactement d'où elle vient, ni comment elle peut disparaître...*
Et puis, il y a plusieurs sortes de mémoires. D'après ce que tu me racontes, ça se mélange les pinceaux entre la mémoire dite implicite et celle qu'on appelle épisodique...

Jugement sans appel porté par LE savant de la bande. Séraphin Galvaud est un chercheur de renom qui travaille au célèbre accélérateur de particules, le CERN, enfoui sous terre en banlieue de Genève. Personnage complexe qui aime autant fréquenter le gotha scientifique que les musiciens - et les musiciennes - un peu *différents*, voir franchement décalqués de la fanfare. Un être qui tombe très facilement et très souvent amoureux également. Même si ce soir il n'est pas accompagné, exceptionnellement.

Augustin a beaucoup bénéficié de son carnet d'adresses lorsqu'il travaillait pour des revues scientifiques. Séraphin est du genre entremetteur, hâbleur aussi et surtout intensément curieux et amateur de bizarrerie. Après avoir rabroué - amicalement - Augustin, il lui parle de ses dernières rencontres dans le domaine des neurosciences. Ainsi que de ses dernières conquêtes. Lorsqu'il en rajoute un peu trop, c'est au son d'un *Séraphin-chaud-lapin !* qu'Augustin le calme. Un code entre eux.

■ ■ ■

SERAPHIN : *Je te passe les détails, mais je travaille en liaison avec des gens du "Human Brain Project". Ils espèrent pouvoir cartographier et simuler le fonctionnement du cerveau humain. Plus d'un milliard de dollars, joli budget non ? Pour les quatre-vingts milliards de neurones d'un cerveau moyen. Pas cher le neurone, moi je te dis...*

AUGUSTIN : *Et le rapport avec mon truc ?*

SERAPHIN : *On espère - entre autre - en déduire de nouvelles thérapies pour les maladies neurologiques. C'est tout un réseau de Labos en Europe et je connais bien celui qui travaille sur la mémoire. C'est en Islande. Faudrait que tu m'y accompagnes, j'y retourne très prochainement !*

AUGUSTIN : *Cela fait deux fois en deux jours qu'on veut m'emmener chez les bouffeurs-de-requins-macérés-dans l'urine...*

Tout en caricaturant le plat national islandais, l'impénitent voyageur se met à rêver, voire à délirer, juste un peu. L'Islande ! Pourquoi pas ? L'occupation nationale favorite consiste à y surveiller l'agitation volcanique. Comme beaucoup, il a pratiquement découvert l'existence de ce petit pays il y a quelques années, lors du blocage de l'espace aérien suite à l'éruption cataclysmique de l'*Eyjafjöll*.

Augustin est toujours prompt à laisser son imaginaire divaguer et il se voit déjà, déambulant sur le glacier éventré par le volcan toujours actif, à disserter sur le monde avec sa complice *Sigríður* alias *la Géhème*.

"Si je suis chanceux, je resterai bloqué quelques semaines chez elle avec, à mon retour, un Charlie polyglotte grâce à Marie-Angela, c'est garanti... Sans parler de la tronche de Manfred quand il apprendrait que la marraine d'Arthur-Tripeul-É héberge son presqu'oncle..."

Bien calé dans son siège de TGV qui le ramène à Paris, Augustin regarde les montagnes défiler. Impossible de se lasser du spectacle, même après tant de passages au travers des Alpes. Il repense à son trop court séjour à Genève. La soirée a été très bonne, même si sa discussion avec Séraphin le laisse un peu sur sa faim. Comme d'ailleurs celle avec Mike, à peine entrevu après le concert et qui lui a intimé :

"Profite de l'occase, va faire la bise à Björk de ma part et détends-toi un peu..."

Quant à Donu ! Il se demande encore quelle mouche a piqué son vieux complice depuis son passage chez lui. Il est arrivé à l'entrepôt en fin de concert et a pratiquement snobé tout le monde, pour ensuite s'esquiver rapidement avec un couple d'amis à lui.

"Ah ce vieux Corse !"

Augustin se met ensuite à pianoter sur son smartphone afin de réserver un nouveau Paris-Genève, suivi d'un vol Genève-Reykjavik.

"Marie-Angela ne va pas me le pardonner, elle va devoir s'occuper de Charlie plus longtemps que prévu".

***

Le court séjour d'Augustin à Paris va pourtant s'avérer facile … et intéressant.

Pour commencer, Marie-Angela se réjouit par procuration, du départ prochain d'Augustin en Islande, *"pour vérifier si Tripeul-É est en bonne santé chez les esquimaux"*.

Il y a aussi - et surtout - ce colis qui vient d'être livré chez Augustin. Une *enceinte à commande vocale*. Un prototype - privilège de son ancien métier - de haut-parleur connecté à internet que l'on installe au milieu de l'appartement et auquel *"on peut demander tout ce qu'on veut, juste en lui parlant."*

Augustin en prédit immédiatement un usage intensif par ce bavard de Charlie, mais très vite, une vive compétition s'instaure entre le perroquet et Marie-Angela. Il faut dire qu'Augustin se reconnait *"un peu manipulateur sur ce coup là"* ; il demande à haute voix une chanson de *Tony Carreira*, le *Johnny Hallyday* lusophone, devant Marie-Angela qui en reste abasourdie.

Depuis, elle passe dans l'appartement de plus en plus souvent pour demander - *"à la boite"* - la musique de sa jeunesse, qu'elle déguste religieusement, assise bien droite juste devant l'objet… Augustin envisage même envoyer une photo de la scène au constructeur, sans doute à la recherche de témoignages. Mais Marie-Angela s'y refuse. De peur que l'on voit ses rides. Dommage, cela aurait fait un fabuleux remake de la photo du chien de *la voix de son maître* qui immortalise la marque *Pathé Marconi*.

"Bon, ce n'était pas très gentil pour Marie-Angela, c'est mieux comme ça", conclut Augustin magnanime.

Quant à Charlie... S'il n'en est pas encore à se commander des pizzas, en revanche - Augustin en est convaincu - ses échanges avec *"la boîte"* vont enrichir le potentiel de conversation du prototype. Les *"discussions"* sont quasi surréalistes. Le célèbre sketch du plombier de Fernand Raynaud ferait pâle figure à côté du dialogue entre l'animal et la chose. Aucun doute, les concepteurs de l'objet devraient beaucoup apprendre de cette expérience.

Ou, comme Manfred l'expliquerait plus doctement ;

"Grâce à ce volatile bavard et inconsistent, l'algorithme d'apprentissage profond devra prévoir quelques couches supplémentaires dans son système neuronal artificiel, afin de poursuivre ce genre de dialogue..."

***

La nuit précédant le départ d'Augustin s'achève, incomplète comme d'habitude, avec le tambourinage erratique de Charlie. L'effet est inchangé et la brève torpeur qui l'envahit le réveille complètement, comme chaque matin. Il en profite pour parcourir de nouveau le livre qu'il a dégoté la veille au marché aux puces. Une espèce d'almanach des événements et faits divers, année par année. Il choisit les années quatre-vingt-dix, forcément.

Mais rien, non, rien ne fait déclic.

***

Chapitre sept

La Serbe acerbe

Bogdana Milosevic est fatiguée. Fatiguée d'attendre. Rien, pas un contrat, pas une enquête, ni même une simple pige depuis trois semaines. Un record. L'argent ne manque pas (encore) mais l'inaction la rend folle. Et elle n'est pas du genre à jouer sur internet pour passer le temps ou s'y changer les idées. Son outil de travail pourtant, enfin un parmi d'autres.

Elle s'y est fait une réputation de *geek agressive* un peu genre *troll*, même s'il s'agirait plutôt d'une couverture. Son vrai job ? Enquêter sur tout, savoir dénicher "*qui il faut*" pour résoudre radicalement des problèmes compliqués ou faciliter l'arrangement en douceur. Quelle que soit la nature du problème. Dans les grands hôtels, on l'appellerait *la concierge* et d'ailleurs c'est comme ça que son nom circule dans certains milieux "*Bogdana-la-concierge*". Sauf que les concierges des hôtels de luxe n'ont pas un revolver chargé dans leur bureau. Pas souvent en tout cas.

Elle est originaire de Yougoslavie. C'est ainsi qu'elle aime le dire bien que le pays ait disparu. Slovène par sa mère et Serbe par son père, avec en prime un patronyme assez courant qui est aussi celui du Président et bourreau Serbe de la guerre civile. Cette horreur, elle l'a vécue sur place, en pleine adolescence. De quoi forger le caractère. Elle a ensuite quitté son pays à la mort de ses parents pour s'installer à Paris où elle vit depuis.

Des petits boulots au départ. Beaucoup d'énergie et de curiosité plus tard, au gré de *missions de confiance*, elle s'est fait une réputation dans sa communauté d'origine pour commencer, puis sur la place de Paris. Rien d'illégal, enfin rien de vraiment illégal. Du système D et une réelle dextérité à se servir d'internet pour enquêter et pour agir. Elle reste aussi à l'aise sur le terrain que sur les réseaux sociaux.

Elle vient d'avoir quarante ans et ne peut pas se revendiquer de la génération Y - ce dont elle se moque éperdument - mais elle est bien plus habile sur la toile que beaucoup de ces *digital natives* qui s'y croient un peu trop experts. Elle déteste d'ailleurs cette jeune génération occidentale élevée dans le confort et le mondialisme béat, au moment même où elle devait faire face aux horreurs du nationalisme triomphant. Celui-là même qui s'invite à chaque élection un peu partout dans le monde, avec de plus en plus de succès, constate-t'elle.

Bogdana quitte son domicile rue Corvisart pour une tournée de routine dans son quartier préféré de la butte aux cailles; se faire plaisir et garder le contact avec la réalité du terrain, bars et autres lieux publics plus ou moins branchés. *"Histoire de rester opérationnelle"*, se console-t-elle. Elle s'apprête à rejoindre la rue Jonas lorsqu'un appel la surprend en pleine montée des escaliers qui partent du Boulevard Blanqui. Elle entend ces mots qui la ravissent à chaque fois,

"Nous voudrions vous confier une investigation. Êtes-vous disponible ?"

"Quelle question stupide" pense Bogdana. Elle sourit, les affaires reprennent.

***

Bogdana est du genre rapide en besogne, mais un rendez-vous dans le quart d'heure qui suit, c'est une première. Même si le lieu choisi est tout près de chez elle. *Pas par hasard évidemment.* Elle rebrousse chemin et rejoint le square René Légal en dix minutes. En cette fin de matinée, il y a peu de monde. L'endroit est peu fréquenté en semaine, elle n'a aucun mal à identifier son correspondant *"près des jeux pour les enfants"* comme indiqué au téléphone quelques minutes plus tôt.

La conversation s'engage tout de suite sur la nature de l'investigation. En fait, il n'y en a pas encore *"mais au cas où"* , elle doit pouvoir être mobilisable *sur-le-champ*. Bogdana masque sa surprise et très pragmatique demande à voir, c'est-à-dire, *"et c'est combien pour rester disponible et en attente ? Et en attente de quoi ? "* Sans se démonter le correspondant lui passe discrètement une enveloppe.

LE CORRESPONDANT : *Il y a mille euros, considérez cela comme un premier acompte. Nous connaissons votre capacité à traiter un problème subtilement, voire à en effacer l'existence même. C'est précieux pour une organisation politique...*

« *Nous y voilà* » pense Bogdana. La politique elle s'en moque, elle sait juste que ça peut payer et aussi créer des embrouilles. Elle a vu son père s'activer comme un diable pendant la phase autogestionnaire sous Tito pour au final se faire acheter pas les représentants d'un état en décomposition avancée. Elle était très jeune à l'époque et il avait fallu très vite déménager pour se retrouver dans une banlieue sordide de Zagreb. Pas génial pour un Serbe. Histoire d'échapper aux anciens camarades très fâchés que l'on ait pu « *trahir la cause* »

Non, la politique, ce n'est pas son truc. Mais si cela paye correctement... Elle ne se démonte pas et presse son interlocuteur de préciser, tout en empochant l'enveloppe.

LE CORRESPONDANT : *Vous n'êtes pas sans savoir qu'une élection présidentielle se déroulera l'année prochaine ? Mon client veut, on va dire, une espèce de veille ...*

BOGDANA (interrompant) : *veiller au grain c'est quand on craint l'orage ?*

LE CORRESPONDANT (sans se démonter, ni laisser le loisir à Bogdana de l'interrompre de nouveau): *vous le savez, dans le genre politique, tous les coups sont permis. Il faudra, dès que l'on détectera quelque chose de, on va dire, gênant, que vous puissiez intervenir immédiatement. Je vous propose de nous revoir régulièrement, chaque mardi dans un parc différent de Paris, coin des enfants, on n'y installe pas encore de vidéo surveillance. Pas de lien téléphonique entre nous, cet appel d'aujourd'hui est, on va dire, le dernier. N'essayez pas de l'identifier, c'est inutile. Encore moins d'utiliser internet.* (Bogdana sourit, il veut m'apprendre le métier ce monsieur-on-va-dire !) *Vous pourrez m'alerter en cas d'urgence en allumant puis éteignant trois fois de suite la lumière de votre salon, qui donne sur la rue, à 20 heure.*

BOGDANA (qui perd d'un coup le léger sourire arboré jusque là) : *Vous direz à votre voyeur qu'il a intérêt à bien se planquer avant qu'une Serbe acerbe ne s'occupe de son cas !*

LE CORRESPONDANT (pas perturbé pour autant) : *je vous testais avec cette histoire d'allumage, il n'y aura en fait aucun moyen de me contacter, mon client exige une étanchéité totale. On se revoit la semaine prochaine, au jardin Michelet, même heure.*

Bogdana rentre chez elle songeuse. Cette histoire sent l'extrême droite. Le style du bonhomme, le culte du secret, le ton intimidant genre *"ancien des RG"*... Mais pour elle, que le contexte soit nauséabond ou pas, l'argent n'a pas d'odeur et elle sort l'enveloppe de sa poche pour la planquer sous une latte de plancher.

Tout en se relevant elle lance avec force un profond

ГОВНО *!*

Comme dans sa jeunesse, lorsqu'un destin grevé d'incertitude l'approchait d'un peu trop prés.

On laissera le soin au lecteur de deviner le sens profond de ce *говно !* que prononça - certes dans la langue de Molière - un célèbre général d'empire.

***

Chapitre huit

Trous de mémoire

Augustin Triboulet n'est pas vraiment rassuré en arrivant à Reykjavik. Pendant les quatre heures de vol depuis Genève, il a donné le change - au mieux - en faisant semblant de s'intéresser aux propos de son compagnon de voyage, Séraphin Galvaud.

Il est encore sur le coup d'un avertissement sans nuance de Sigríður. Il s'était pourtant fait une joie de lui annoncer son arrivée, avec pour résultat une bonne douche froide. Ah ça ! Ce n'était plus la Géhème complice et compatissante de ses souvenirs pourtant récents. Une fois passée la bonne surprise de sa venue prochaine, elle a vertement accueilli le prétexte qui l'amène en Islande. Style direct et brutal - inchangé pour le coup s'est dit Augustin - et au final assez peu amical.

Il s'est d'abord demandé si elle n'était pas simplement surmenée depuis le départ de Manfred et Helena. Après tout, le rôle de *proxy-maman* de *Tripeul-É* ne va pas de soi…

Lorsqu'il lui a annoncé qu'il devait aller directement à l'Institut et qu'il ne pourrait pas la retrouver avant le soir de son arrivée… Sigríður ne mâcha pas ses mots

"Augustin, cette idée de se faire tester chez Stig Tomson est ridicule ! Tu réalises dans quoi tu plonges ? Comme prétexte pour venir me voir il y a mieux… Et puis je ne serai d'ailleurs pas à l'institut ces deux prochains jours"

***

L'arrivée à l'*Institut Islandais du Cerveau* surprend Séraphin Galvaud en dépit de précédentes visites. On a l'habitude d'y voir passer de nombreux sujets pour des tests mais visiblement le *"cas"* Augustin semble beaucoup intéresser le patron des lieux qui les reçoit dans le *salon protocolaire*. C'est Stig Tomson en personne qui les accueille , avec déférence.

Augustin et Séraphin s'installent confortablement dans d'énormes fauteuils pendant que Stig Tomson leur commente le *"hall of fame"*, une série de portraits gravés dans un métal argenté, tous accrochés sur le mur qui leur fait face. *"Une idée à lui, mettre en lumière les grands de la recherche scientifique sur le cerveau". Et Il y a encore de la place sur le mur..."* conclue malicieusement Stig Tomson.

"Pas si original que ça " se dit Augustin, se rappelant les délires *mégalo* des multinationales en mal d'image qui pratiquent cette auto glorification... Cette pensée nostalgique amusée est vite interrompue par Stig Tomson.

*"Voyez-vous Monsieur Triboulet, quand mon cher Séraphin m'a parlé de vos trous de mémoire très particuliers, j'ai vivement souhaité vous rencontrer. Nous analysons beaucoup de cerveaux, mais trop rarement des **pathologies** comme la vôtre".* Il s'arrête un court instant avant d'ajouter, *"une chance pour nos recherches !"*

Voyant Augustin s'enfoncer dans son fauteuil, Stig Tomson tente de changer de sujet et se lève.

*"Bien ! Mais d'abord permettez-moi de vous faire visiter l'Institut. Je vais vous présenter à mes collaborateurs. Ils vont vous expliquer le **protocole** pour cette après-midi."*

Sont-ce les mots *"pathologie"* suivi de *"protocole"* ? Son naturel angoissé ? Ou l'avertissement de Sigríður ? Augustin est maintenant un tantinet inquiet et doit respirer profondément avant de se lever pour suivre Stig Tomson et Séraphin Galvaud.

Le trio rejoint rapidement une grande verrière très animée. Des hommes et des femmes, certains en blouse blanche, d'autres au look moins sage, les cheveux hirsutes, vont et viennent par les halls qui s'y rejoignent. Deux jeunes barbus sont confortablement vautrés dans un des canapés qui occupent le centre de la verrière. Augustin y aperçoit également une grande peluche, de gorille semble-t'il, ce qui le rassure un peu. On n'est pas dans un hôpital après tout. Stig Tomson croise son regard,

"Certains de mes collaborateurs restent de grands enfants... Voilà ! nous y sommes, je vous laisse entre de bonnes mains. Nous pourrions nous revoir ce soir, connaissez vous le sauna islandais ?"

On a tout fait pour rassurer Augustin. Les *"collaborateurs"* lui font visiter les lieux avec zèle en multipliant les anecdotes sur l'histoire du lieu. Ils finissent par pénétrer dans une salle suréquipée, au bout d'un hall dénommé *Avenue des neurosciences* - *"ça ne s'invente pas un nom pareil !"*, pense Augustin maintenant ragaillardi. A peine entré, une jeune femme lui saute au cou. Il reconnaît tout de suite la jeune *Kheersran* qu'il n'a pas revue depuis la récente « affaire de Chinon [6] ». Elle a été *mobilisée* pour l'accueil d'Augustin, sur proposition de Sigríður.

---

[6] dans *"Ainsi parla Bacbuc"*

"*Cela pourra détendre mon ami qui est naturellement anxieux*", avait-elle plaidé auprès de Stig Tomson...

Et aussi histoire de pouvoir suivre l'affaire, discrètement: *Sigríður Jónsdóttir* restait *La Géhème* [7].

L'effet est en tout cas apaisant sur Augustin. Passé les retrouvailles, il se plie avec docilité et application aux instructions, forts simples au demeurant, de la petite équipe qui s'affaire autour de lui. *On* lui pose un bonnet de toile couvert de capteurs en tous genres, *on* le fait s'allonger, se relaxer, *on* le rassure "*vous ne sentirez absolument rien*", tout en connectant la grappe de fils qui partent du bonnet dans toutes les directions. Style poulpe.

Augustin ne se voit pas et c'est tant mieux. Il est finalement *assez relax* et pense à Charlie qui est sans doute en pleine dispute avec Marie-Angela pour *"parler"* à la *"boîte"*. Il pense aussi à Séraphin qui l'a jeté dans les filets de Stig Tomson... À Molière enfin... Une citation de l'Avare lui revient en boucle *"mais que diable allait-il faire dans cette galère ?"*

Puis il s'endort. "*Toujours ça de pris*", est sa dernière pensée consciente.

---

[7] voir "*Ainsi parla Bacbuc*"

Stig Tomson a l'air particulièrement réjoui lorsqu'il reçoit Séraphin et Augustin dans son impressionnant bureau au mobilier très moderne, verre et acier.

Ses deux visiteurs sont arrivés de bonne heure ce matin à l'Institut et il les accueille dans une grande pièce aux murs couverts de photos de singes de l'espèce appelée Bonobo et aussi d'imagerie du cerveau. D'un singe ou d'un homme, aucune légende ne le précise...

La veille avait été tristounette pour Augustin et Séraphin à l'hôtel & gîte local. Ils ont quitté l'Institut trop tard pour aller voir Tripeul-É probablement déjà couché. L'absence de Sigríður en déplacement à Reykjavik avait gâché une fête d'ailleurs pas vraiment programmée et les deux voyageurs s'étaient repliés très tôt après le dîner, chacun dans sa chambre respective.

...

STIG TOMSON : *Ah mes chers amis ! Désolé de ne pas avoir pu vous accompagner hier soir, mais je souhaitais travailler sur les résultats de l'imagerie cérébrale de Monsieur Triboulet... Et ma foi, mon cher Augustin - vous permettez ? - je dois dire que vous avez un hippocampe de pachyderme. Question mémoire il y a de quoi faire ! Regardez les zones d'activités pendant les tests.*

AUGUSTIN (se penchant sur une photo posée sur le bureau du professeur) : *Les couleurs, c'est quoi ?*

Stig Tomson veut jouer le pédagogue et prend son temps pour décrire le cliché à ses deux visiteurs.

Augustin écoute distraitement des explications qu'il ne comprend d'ailleurs pas et il suit à peine la discussion qui s'engage au sujet *des tests complémentaires qu'il serait intéressant de pratiquer avant de partir...* Il est ailleurs, il repense à Harpagon et à Molière, qu'il relirait bien volontiers d'ailleurs... C'est Séraphin qui ravive sa présence dans le bureau en l'interpellant.

"Augustin, tu passeras le bon jour à ton ami Sigríður, j'ai beaucoup entendu parler d'elle... Merci Stig pour avoir organisé tout cela, quant à moi, je vais devoir repartir dés cette après midi. Et c'est bien dommage, j'aurais aimé rester jusqu'à la fin de cette expérience ! "

Augustin atterrit brutalement, conscient d'avoir zappé un épisode ou deux, voire davantage, mais il comprend vite :

"Oui, il va devoir remettre ça aujourd'hui et va se retrouver avec des électrodes et des capteurs encore plus nombreux sur la tête".

Mais une fois cette histoire terminée, ce soir, il retrouvera Sigríður maintenant sûrement rentrée. Et aussi Tripeul-É. De quoi se motiver.

***

La journée se déroule sans encombre et passe plutôt vite. Augustin est maintenant rodé et se prête à une batterie d'exercices avec stimulations, séance de méditation et autres remémorations, le tout scruté par une myriade de petits capteurs intégrés dans le filet en forme de bonnet. Il fera même un passage dans un IRM fonctionnel du dernier cri où il faillit s'endormir, au lieu de penser aux détails d'une illustration représentant la ville de Reykiavic, comme on le lui a demandé. Il suit néanmoins les instructions, avec application, sans enthousiasme, juste comme un élève qui veut que la classe se termine pour aller jouer.

Le passage de Stig Tomson en fin d'après midi, pour des compléments de tests, s'accompagne d'un mal de tête passager. Il lui tarde vraiment de pouvoir quitter les lieux pour se rendre au plus vite chez Sigríður.

Au moment ou Stig prend congé l'air satisfait, Augustin aperçoit dans le couloir Kheezran qui esquisse un sourire presque complice.

Il ne sait pas pourquoi, mais machinalement Augustin repense à cette phrase déjà entendue dans la bouche de *Sigríður-la-Géhème*.

"On ne se méfie jamais assez des stagiaires."

...

SIGRIÐUR : *Alors ? Comment va le cobaye ?*

C'est ainsi qu'Augustin se fait apostropher sans ménagement, ni préalable, lorsqu'il se présente sur le seuil du domicile de son amie.

AUGUSTIN (sur un ton qu'il veut ironique) : *Content de te revoir aussi ! Et comment va la mère proxy ?*

...

Un partout !

À défaut de *balle au centre*, c'est un Arthur alias Tripeul-É qui déboule dans l'entrée et vient se blottir contre une Sigríður ravie. Il reconnaît peut-être vaguement Augustin et passe vite à autre chose pendant que les deux amis s'installent dans le salon de Sigríður. Vaste et belle pièce inondée de lumière grâce à une grande baie vitrée avec vue à couper le souffle sur les montagnes et les glaciers.

Une espèce de trêve tacite fait que ni l'un ni l'autre n'aborde les sujets qui fâchent. Augustin fait bien une allusion à la citation de Molière sur les galères pour évoquer son peu d'enthousiasme à rester toute la journée *"casqué et scruté dans le détail par toutes ces machines"*. Mais de fait, ils se cantonnent à déguster une de ces soirées où il ne se passe rien et où l'on parle peu des choses qui dérangent. Genre de soirées qui font aussi un bien fou, à babiller joyeusement entre amis... Avec l'aide précieuse et cruciale de Tripeul-É, cela va sans dire.

Sigríður n'en pense pas moins, elle a déjà décidé d'agir seule. Après tout ce n'est pas la première fois qu'elle s'occupe d'un Augustin qu'elle trouve peu disert ce soir-là. Lui qui d'ordinaire a un avis sur tout, semble peu intéressé par ses explications sur les avancées des neurosciences et le rôle grandissant de l'informatique. Inhabituel, vraiment, de la part de son ancien complice, d'ordinaire très loquace.

***

Stig Tomson est très satisfait. De lui d'abord, c'est une habitude. Et aussi par la tournure des événements. Séraphin Galvaud ne s'est pas fourvoyé en lui envoyant ce *cas de figure*. Tout s'est déroulé la veille sans encombre et surtout comme prévu... Il ne lui reste plus qu'à attendre.

Si pour les Bonobos quelques jours avaient suffi à l'époque de ses premières expérimentations, il s'accorderait plus de temps avant de revoir son *cas de figure*. Il proposera à Augustin de revenir à la fin juin, voilà tout.

Dès le premier soir en examinant les clichés, Il a tout de suite repéré et reconnu un *"pattern"* déjà travaillé sur ses Bonobos: il n'y avait pas de lésions apparentes pour expliquer les *"trous de mémoire"*, juste des liens neuronaux entourant l'hippocampe, anormalement peu actifs, comme inhibés...

Stig Tomson ne s'est jamais embarrassé de principes déontologiques pour agir comme il l'entendait. En usant de son autorité hiérarchique si nécessaire; il lui avait suffi de demander à son équipe de le laisser finaliser seul les mesures et les enregistrements sur *"son ami"*.

Celui-ci dormait alors profondément et la procédure était simple. On stoppe l'enregistrement, puis on pratique *une petite stimulation transcrânienne bien ciblée et hop !* Pensa-t-il en manipulant les instruments connectés au bonnet. À peine dix minutes plus tard il avait réveillé Augustin avant de le laisser aux bons soins de son équipe. Il s'était ensuite très vite éclipsé sachant que *"son"* informaticienne et amie d'Augustin le recevait.

***

En ce début de matinée, c'est donc un Stig Tomson radieux, tout à son aise et bardé d'un grand sourire qui reçoit de nouveau son *"exploré"*. On appelle ainsi à l'Institut, les sujets qui se prêtent aux explorations du fonctionnement cérébral.

L'échange est bref. Augustin est de nouveau déjà ailleurs dans sa tête. Une habitude. Séraphin le saisit par le bras

"Mon cher Augustin, nous serions ravis de vous revoir dans quelques semaines. Mes informaticiens sont un peu longs à la détente et il leur faudra du temps pour analyser l'impressionnante moisson de données que vous nous avez aimablement fournies ces deux derniers jours."

Puis, grandiloquent…

" Bien sûr, mon cher, cela se fera tous frais payés, c'est pour la science ! "

***

Pendant qu'Augustin quitte l'Institut pour rejoindre l'aéroport, Stig Tomson médite seul dans son bureau. Il s'imagine déambulant sur une grande scène, sous les projecteurs, lors d'une prochaine conférence internationale - et pas dans ce pays congelé de... - recevant les honneurs d'*une communauté scientifique reconnaissante pour l'avancée fulgurante que ses travaux ont permis.* Sa rêverie s'interrompt très vite avec l'arrivée des collaborateurs qu'il a convoqués dans son bureau. Le patron reprend le dessus. Il y a de quoi faire avant le retour de l' *"exploré".*

Le soir même Stig Tomson, satisfait mais fourbu, s'accorde un moment de détente avec son Bonobo domestique. Le dénommé *Max* possède - comme ses congénères - une incroyable habileté rythmique, devenue aussi un véritable moyen de communication entre l'animal et Stig Tomson. Stig a mis au point un instrument à percussion adapté au primate : un tambour à forte résonnance capable de résister aux pressions, aux cabrioles et aux mâchoires d'un animal domestiqué, mais pas toujours délicat. Un certain *Edward Large** lui a expliqué qu'une communication entre individus pouvait s'établir au moyen de rythmiques. Comme s'il s'agissait de syllabes. Battre le rythme au son d'une musique est une faculté complexe que possèdent l'être humain et aussi certains animaux, dont justement les Bonobos. Stig Tomson lui-même, a toujours aimé les percussions et se débrouille plutôt bien sur un ensemble de fûts et cymbales dont il est assez fier. Stig d'un coté et Max de l'autre, se mettent alors à jouer différents battements, l'un après l'autre, dans une forme de dialogue. Sans se regarder, mais en pleine écoute. Le singe Bonobo est aussi connu depuis peu pour manifester l'altruisme. Cette alternance rythmique et complice aurait elle permis à Max de féliciter son *maitre ?* ...

Chapitre neuf

Enquêtes

Si le retour d'Augustin à Paris est rapide, sa reprise de la vie courante s'effectuerait même en mode accéléré. Il y a, comme d'habitude, l'avalanche de courriers à traiter; Augustin a beaucoup de mal à se désabonner de toutes les revues, blogs et autres réseaux sociaux auxquels il a adhéré au fil des ans et il se croit obligé de répondre à presque toutes les sollicitations. Elles émanent souvent de retraités, comme lui. Cependant, au grand dam d'Augustin, la majorité de ces correspondants continuent à pérorer sur leur grande époque professionnelle *"quand ils ou elles étaient ceci ou faisaient cela..."* et de plus, sans manifester la moindre imagination. Augustin n'a pas ce problème. Il n'a jamais été que lui-même, ce qu'il trouvait déjà considérable à porter. Et question imagination, il aurait tendance à en déborder...

Il y a aussi Marie-Angela qui exige un rapport détaillé sur l'état de santé de Tripeul-É. *"Est-ce que la dame islandaise s'occupe bien de lui ?"* etc. Augustin note déjà avec plaisir que Marie Angela ne parle plus d'Esquimaux en évoquant l'Islande, mais il comprend aussi qu'il faudra multiplier les appels vidéo avec Tripeul-É pour assouvir l'insatiable besoin d'affection de la grand-mère proxy.

Et puis il y a Charlie. Première avancée notoire, le volatile aurait acquis le sens de l'humour, en tout cas c'est ce que pense Augustin. L'*animal* a un réel don d'imitation pour les sons brefs et il contrefait maintenant très bien les sonneries. Et voilà, comme par hasard, qu'il émet systématiquement le son très caractéristique de l'appel vidéo *facetime,* dès que Marie-Angela entre dans l'appartement. Ce qui a pour effet immédiat de la voir rappliquer à toute vitesse devant l'écran d'un ordinateur pourtant éteint, tout en criant.

" *C'est Tripeul-É ! C'est Tripeul-É !* "

Avant de se raviser, déçue et furieuse. Augustin jurerait qu'à chaque fois, une grimace ironique illumine la face de Charlie.

Autre changement, majeur celui-là : l'effet du *tambourinage très spécial* opéré par Charlie, chaque matin. Il s'est abstenu, lors de son passage en Islande, d'évoquer la torpeur ressentie à l'écoute de cette séquence très particulière. L'attitude abrupte de son ami Donu l'a un peu douché et il n'a pas voulu renouer avec cet échec et encore moins eu l'envie d'évoquer ces *percussions anxiogènes* avec l'équipe de Stig Tomson... De peur sans doute qu'ils n'inventent d'autres "*protocoles*" de tests et ne veuillent prolonger son séjour. *Pas très courageux tout ça...* Augustin imagine même son perroquet tapageur lui lancer un tonitruant,

"*Augustin Poltron ! Augustin Poltron !* "

Heureusement ce dernier n'en sait rien.

Or, si la première nuit à son retour à Paris est émaillée des habituelles insomnies, en revanche le réveil tambourinant habituel émis par Charlie ne lui fait aucun effet. Augustin en est très étonné et surtout soulagé.

Pour s'en assurer, il ose même rejouer l'enregistrement fait deux semaines auparavant.

Rien. Aucun frisson d'angoisse.

Un sentiment d'apaisement vite suivi d'une interrogation : qu'est ce qui se passe dans cette masse grise qui lui sert de cerveau ? Vaste question s'il en est. Augustin repense alors à une discussion esquissée avec Sigríður la veille même, sur son travail au centre. Il y avait été question de l'imagerie cérébrale et de simulation informatique de ses fonctions complexes. Augustin avait beaucoup appris, pas tout compris. Mais surtout, il s'était senti rassuré quelque part de savoir son amie aussi impliquée. Un jour, forcément elle lui expliquerait...

Autre changement perceptible lors de ce premier réveil bien plus placide ; le souvenir de plusieurs rêves des plus hétéroclites. Chacun avec un scénario précis : l'image fixe d'un paysage urbain suivie d'une sorte de travelling sur lui-même. Tout cela très court. Il ne s'y reconnaît à peine. Il a l'air beaucoup trop jeune sans doute. Une autre séquence rêvée le promène dans une rue ancienne. Il y semble en plein effort physique. Puis c'est une autoroute urbaine, il conduit un véhicule qu'il ne reconnaît pas. Il y a aussi une courte scène dans une ville dont il a le vague souvenir sans parvenir à l'identifier. Cette fois, il n'est pas seul mais de qui s'agit-il ? Mystère, là encore.

"Pas très net tout ça", se dit Augustin en quittant son appartement. Au moins Charlie ne l'a pas terrorisé au réveil et c'est donc un homme plutôt joyeux qui passe en sifflotant devant la loge de Marie-Angela, heureusement occupée car en grande conversation avec le facteur.

Programme très léger pour cette première journée au calme, juste un rendez-vous pour déjeuner avec un ancien collègue journaliste qui travaille au *Canard enchaîné*. Il l'appelle *Esope* car comme l'auteur - improbable - des fables,

"il aime le rire et les bonnes blagues qui permettent au faible, à l'exploité, de prendre le dessus sur les maîtres et les puissants".

Il se délecte à l'avance en descendant la rue des Martyrs, à la perspective d'un bavardage du genre *"sciences versus politique"*, dans un café-restaurant d'un passage parisien qu'il affectionne particulièrement, la galerie Vivienne.

ESOPE : *Bien sûr que non Augustin ! La politique ne peut pas être une science exacte ! Mais bon, comme le dit mon boss, "Depuis Valéry Giscard d'Estaing, on peut tout savoir sur tout le monde, les politiques compris. Il n'y a qu'à regarder sur les listes électorales, à la certification des hypothèques et du cadastre, au greffe du tribunal de commerce, à la Propriété Industrielle ».*

AUGUSTIN : *C'est déjà pas mal si ça permet de débusquer la corruption. Tu continues à faire un beau métier Esope !*

***

Les jours suivants ne semblent pas démentir un relatif retour au calme pour le retraité un peu moins tourmenté. Augustin se met à enregistrer le contenu de ses rêves dès son réveil. Il dicte sur son portable, juste à l'émergence de sa nuit agitée, ce qu'il en retient, pour ensuite tout mettre par écrit.

L'incohérence apparente de ces scripts ne le rassure pas trop et il se met à appeler régulièrement Séraphin Galvaud pour en parler. Ce dernier se sent un peu coupable d'avoir dû quitter Reykjavik aussi vite et de l'avoir laissé seul, face à ses découvertes neurologiques. Il lui a vite proposé un appel régulier pendant lequel Augustin lui ferait part du contenu de ses rêveries.

Si l'on ajoute à cela les appels d'Islande ou plus exactement de Tripeul-É, c'est une toute nouvelle routine qui s'installe au domicile d'Augustin. En effet, suite à l'insistance de Marie-Angela, un appel quotidien s'est très vite instauré avec l'enfant. A vrai dire, entre lui et Charlie. Chaque soir après son bain, Tripeul-É se poste devant un écran installé dans le salon de la belle demeure de Sigríður et il attend le moment de l'appel *face time* avec son *ami à plumes*.

Cela commence toujours par un redoutable cri poussé par ce dernier ;

" ***TripeulÈÈÈÈÈÈÈÈÈ !*** "

Suivi d'un tonitruant

" ***We're here to get you there !*** "

Charlie dialogue beaucoup avec la *"boîte"* et il utilise souvent ce cri *TripeulÈÈÈÈÈÈÈÈÈ* qu'il maîtrise à la perfection. Par quel biais ou hasard, le moteur de recherche a-t-il pu lui faire *rencontrer* le slogan publicitaire de l'American Automobile Association, *We're here to get you there?*

Mystère ! Augustin aurait bien demandé une explication à Manfred... Il ne l'aurait de toute façon pas comprise.

Le dialogue entre le psittacidé et la petite boîte installée devant sa cage est en général très court et à chaque fois surprenant. Il se termine le plus souvent par une déclaration faussement contrite, émise sur un ton neutre par une voix synthétique. En fait Charlie se fait régulièrement sermonner par *Siri* [8], qui lui avoue avec fermeté son impuissance à suivre les méandres de ses requêtes. Parfois pourtant, un fulgurant exploit de la programmation de la boîte - dite intelligente - permet au volatile d'arriver à ses fins.

Ce fut le cas avec son "*We're here to get you there* ", slogan de la AAA qui s'est ainsi retrouvé associé au (très) jeune interlocuteur Arthur, alias Tripeul-É. Depuis, le volatile se l'est fait sien - le slogan - et il le crie à chaque fois que l'enfant apparaît sur l'écran.

Sigríður et Augustin, en bons complices et chacun de leur côté, se sont amusés à faciliter un rituel incontournable entre l'enfant et le perroquet. Augustin a lui aussi installé un écran connecté à internet sur un mur non loin de la cage. L'appel du soir est ainsi devenu une routine et aussi une source d'hilarité depuis son retour d'Islande.

---

[8] Et oui la *"boite"* est bien un prototype du *HomePod* d'Apple

Un seul problème... le difficile partage du temps de parole entre Charlie et Marie-Angela qui passe - *par hasard* - à la bonne heure, juste pour voir *si tout va bien*. La rivalité se termine alors souvent en chamaillerie entre la concierge attendrie et le volatile volubile, au grand bonheur de l'enfant. Sigríður doute sérieusement de la qualité pédagogique de tout ce bazar cacophonique...

L'autre rendez-vous régulier d'Augustin s'avère plus laborieux. Son ami Séraphin ne le ménage pas.

...

SERAPHIN (enjoué) : *Comme les truites, tu as décidément un fort coefficient de divagation. Tes souvenirs partent dans tous les sens !*

AUGUSTIN (renfrogné) : *Non, non je t'assure, ça n'a pas l'air, mais tous ces rêves ne me semblent pas dénoués de sens.*

SERAPHIN : *Continue à t'enregistrer et à tout mettre par écrit. Au final, qu'est ce qui te revient le plus ?*

AUGUSTIN : *Je crois bien identifier un des lieux dans mes rêves. La ville de Saint Cloud, j'ai reconnu le parc, et puis une grande propriété. Je gare une automobile que je ne reconnais pas, j'en sors deux énormes valises...*

SERAPHIN (amusé) : *avec plein de billets de banques bien sûr ? ...*

AUGUSTIN (légèrement effrayé) : *tu ne sais pas si bien dire, oui ! J'ai eu un flash avec une vision de cash en pagaille. J'ai commencé à fouiller et imaginer des histoires pas possible avec l'aide d'un ami journaliste... Mais rien de cohérent.*

SERAPHIN : *Pas de conclusion hâtive Augustin ! T'ai-je déjà parlé du paradoxe du tramway ? Un truc qui m'a pourri la mémoire quand j'étais enfant ?*
A chaque fois que j'allais en ville avec ma mère, elle me racontait l'histoire du grand-père qui avait survécu à tous les combats de la Grande Guerre et qui, en rentrant chez lui peu après le 11 novembre 1918 - comble de malchance - s'était fait écraser par le Tramway sur le parvis de la gare. J'entends encore ma mère "Tout ça, après être sorti indemne de quatre ans de tranchées". Elle voulait m'inculquer la prudence face à ces engins sur rail effrayants qui fonçaient sur les rues pavées. Elle avait surtout réussi à distiller en moi une peur panique d'un engin mécanique, devenu source de malheur : le tramway.
Sauf que ma mère était née en 1923... Je ne comprenais vraiment pas comment elle avait pu connaître son père écrasé cinq ans auparavant...
De fait, cette terreur inspirée par le tramway avait fini par me faire mélanger deux histoires distinctes - celle de mon grand-père glorieux ancien combattant sorti indemne et celle d'un de ses compagnons d'arme effectivement victime d'un accident stupide à son retour.
Les émotions conditionnent fortement les souvenirs qui peuvent alors s'emmêler Augustin ! On prétend aussi que le contrôle des émotions peut agir sur la mémorisation...
■ ■ ■

***

Bogdana pénètre dans le Jardin de l'Abondance situé près des Invalides, le parc choisi cette semaine par le correspondant mystérieux.

Question abondance, elle n'a rien contre cette manne qui tombe régulièrement depuis un mois. Après tout, un court rendez-vous dans un jardin public, sans contrepartie, pour recevoir mille euros en cash, où est le problème ? Elle sait aussi que c'est sans doute une espèce d'acompte pour *des trucs pas très clairs* à venir et justement c'est son fond de commerce. Pourtant là, elle commence à trouver le temps long d'autant qu'elle vient de conclure une affaire facile de filature et trop d'inaction lui pèse toujours.

Elle aperçoit au loin son correspondant, assis sur un banc en face des jeux pour enfants. Au lieu de se placer à ses côtés, comme lors des rencontres précédentes, elle choisit de rester debout. Attitude bravade qu'elle affectionne. Elle joue néanmoins la mère attentive qui observe la scène joyeuse des enfants qui piaillent. Le correspondant se tourne vers elle.

LE CORRESPONDANT : *Vous allez être très occupée Madame Milosevic*

BOGDANA : *Bogdana suffira. Cela tombe bien, cette distribution d'images d'Epinal, chaque mardi est sympathique mais commence à m'intriguer. Ceci étant, nous n'avons pas encore vraiment parlé de tarif n'est ce pas ?*

LE CORRESPONDANT (feignant d'ignorer ce dernier propos) : *Un certain Augustin Triboulet, un ancien journaliste pose beaucoup de questions en ce moment et, on va dire, cela pourrait gêner mon client.*

Puis après un léger silence,

Considérez que ce que je vous ai remis jusqu'à ce jour représente 10 % de ce que vous recevrez quand l'affaire sera entièrement réglée.

Bogdana est assez bonne en math, trois semaines depuis leur première rencontre à mille euros la rencontre, cela ferait donc quarante mille euros au total c'est pas mal. Il n'empêche…

BOGDANA (impassible) : *C'est à peine la moitié du chemin, mais cela reste un bon début.*

LE CORRESPONDANT : *Mardi prochain, jardin des plantes devant la grande serre. Nos rendez-vous auront lieu en des lieux plus fréquentés désormais. Vous me donnerez vos premières informations et nous reparlerons de vos prétentions que je qualifierais, on va dire, d'un peu exorbitantes, mais nous verrons ce que mon client en pensera.*

…

Alors que son correspondant mystère s'éloigne tranquillement vers les Invalides, Bogdana ressent une forte excitation, genre montée d'adrénaline peu contrôlable. *C'est parti, enfin !* Elle s'empresse de *rejoindre ses pénates*. Non qu'elle vénère particulièrement ces divinités romaines protectrices du foyer, c'est juste que cette expression récemment apprise la fait sourire. Ses dieux et déesses à elle l'y attendent effectivement : un mac surpuissant équipé de programmes et d'autres babioles, le tout pas toujours très légal mais fort utile pour enquêter, discrètement.

Elle rassemble très facilement tous les éléments d'un curriculum vitae complet du dit *Augustin Triboulet*. Un individu qui ne s'épanche pas sur le Net, mais y laisse toutes les bonnes traces nécessaires à une investigation de base.

Ayant identifié son domicile, rue des Martyrs dans le 9e, elle organise la mise sur écoute de ses communications.

Il n'a pas fallu beaucoup de temps ni d'énergie à Bogdana pour cadrer sa nouvelle cible. Sans aucune précision de la part de son correspondant, elle a pris l'hypothèse que l'individu - au patronyme si singulier - devait être facilement identifiable. Donc, l'internet bien sûr, pour l'essentiel et ce qui relève de *l'officiel.* Elle a découvert aussi que l'immeuble de l'individu bénéficie encore d'une concierge. Fait de plus en plus rare à Paris. Bogdana décide de la rencontrer au plus vite, *fortuitement,* à l'instant fatidique de la sortie des poubelles. Il reste du temps d'ici ce soir.

Elle arrive sur les lieux en fin d'après midi et repère la configuration: trottoir étroit et animé d'une rue montante et circulante. Après une attente discrète, flânant devant les vitrines des nombreux commerces de la rue animée, Bogdana aperçoit enfin le portail du numéro 46 s'entrouvrir. Marie-Angela entre en action, passant sous le porche avec une première poubelle qu'elle place sur le trottoir. Puis elle rentre et se présente au seuil de l'entrée de l'immeuble avec une seconde. A ce moment précis Bogdana, qui s'est entretemps approchée à grand pas, faillit la heurter, s'en excuse et décidément maladroite finit par s'affaler de tout son long sur le trottoir. Une belle chute, magistralement simulée. Facile pour la sportive qu'elle est.

Marie-Angela est d'abord surprise par une telle dégringolade mais redevient très vite la concierge compatissante qui veut aussi éviter des ennuis. Elle l'aide à se relever. Heureusement *pas de bobos,* ni surtout aucun reproche de la part d'une Bogdana experte en simulation et aussi en séduction en tout genre. Marie-Angela l'invite à reprendre ses esprits autour d'un café dans sa loge,

" *Après avoir fini de sortir ces foutues poubelles, et même qu'on la payait si peu pour ce travail de forçat !* "

Bogdana observe la loge en entrant, aperçoit la photo d'un jeune enfant qui trône sur une commode ornée de la nappe en dentelle blanche réglementaire. Sujet de conversation tout trouvé. Elle finit d'attirer la sympathie de l'ineffable bavarde en lui parlant de trois neveux et nièces imaginaires qu'elle doit rejoindre et garder ce soir, mais

" *Elle avait encore un peu de temps devant elle... Et que ce petit café lui faisait rudement du bien...*"

Mener une enquête en faisant parler Marie-Angela n'est pas une performance en soi. Encore faut-il savoir faire tinter les bonnes cordes, pas uniquement les vocales. Bogdana promet de repasser demain avec des photos de ses neveux et nièces,

"*C'est qu'il y a tellement de choses à se dire sur les enfants, vous savez ? Oui avec plaisir, mais alors un peu plus tôt, avant que les locataires ne rentrent, ils sont parfois un peu casse-pieds vous savez. Enfin sauf ce monsieur Augustin dont je vous parlais. Tenez il est justement encore parti en Suisse ou je ne sais plus trop où et j'ai eu des nouvelles du petit Tripeul-È, il est tellement mignon*".

Deux jours plus tard, Bogdana en sait assez pour devoir contacter un cousin *"yougoslave"* qui habite à Genève, comme beaucoup de ses compatriotes. Elle a besoin d'un relais local.

Il faut dire que grâce aux éléments fournis involontairement par Marie-Angela elle a pu cibler l'écoute de conversations fort intéressantes entre cet Augustin Triboulet et un certain Séraphin Galvaud.

***

Bogdana arrive une bonne heure avant le rendez-vous fixé devant la grande serre du jardin des plantes. L'exposition annuelle sur les orchidées provoque une petite file d'attente dans laquelle elle prend place. Histoire aussi de trouver un bon point d'observation pour *voir arriver son correspondant.* Tout en feignant un intérêt pour les fleurs multicolores qui peuplent la petite jungle reconstituée, Bogdana scrute sans succès les alentours. À l'heure désignée, elle s'apprête à sortir lorsqu'elle entend une voix maintenant devenue familière derrière elle.

CORRESPONDANT (ironique) : *Vous avez donc le temps de flâner parmi les fleurs, qu'avez-vous à me dire depuis la semaine dernière ?*

BOGDANA (pas décontenancée, il en faut plus, elle désigne le décor fleuri) : *Mais regardez donc ! Peut on passer à coté de telles splendeurs ?*

Ils quittent pourtant la verrière et se dirigent vers la grande allée centrale du jardin. Tout en marchant, Bogdana reprend

La Suisse, vous connaissez ? Un très beau pays qu'il va me falloir visiter au plus vite. Enfin cela dépend de vous, je veux dire, de votre client bien sûr.

CORRESPONDANT (toujours aussi impassible) : *Belle sagacité. Mon client suggère justement une adresse à Genève.*

BOGDANA (masquant parfaitement sa surprise) : *Les coûts de l'effacement se sont envolés, sans parler des frais en Suisse. Qu'avez-vous à me dire à ce sujet ?*

CORRESPONDANT (tendant une enveloppe) : *Que le timing est devenu serré. Voilà de quoi satisfaire la moitié de vos exigences. Quand à celles de mon client, les voici : vous avez deux semaines pour clore ce dossier. Cela serait alors suivi du versement du solde. L'adresse est aussi dans l'enveloppe. Notre prochaine - et dernière - rencontre aura lieu aux buttes Chaumont, près de la passerelle.*

Leur courte marche dans le jardin les a amenés au niveau d'un carrousel pour enfants appelé *"le Dodo manège"*. Le correspondant s'est éloigné et disparaît dans la petite foule qui se dirige vers le muséum d'histoire naturelle. Une exposition sur les météorites y attire les familles. Plus que le carrousel un peu déserté.

Bogdana regarde distraitement le mouvement des rares enfants qui montent et descendent des animaux dont le célèbre représentant d'une espèce éteinte, *le Dodo*. Cette histoire de client mystère est d'un autre âge, une engeance qu'elle croyait tout autant disparue que le pauvre Dodo justement... Il n'empêche, elle reste médusée par l'à-propos du correspondant au sujet de la Suisse. Le *"client"* a abattu une carte quelque peu inattendue... Certes, elle aussi a bluffé - comme à l'accoutumée - car en dehors des informations glanées sur cet Augustin Triboulet et du filage juste commencé de Séraphin Galvaud à Genève, elle n'a rien de concret. Si l'on excepte ces conversations régulières avec la Suisse où l'on évoque une vieille histoire mal enfouie qu'elle n'a pas bien comprise en écoutant les conversations...

« *Mais on ne se refait pas, quand il y a de l'oseille l'intuition me guide...* »

L'adresse fournie est au nom d'un certain Donu Patacchini. Du boulot en plus pour le cousin Yvan.

« *Et en route pour Genève donc...* »

***

Le Parc des Bastions est situé en plein cœur de la ville de Genève. Séraphin Galvaud s'y promène chaque soir qu'il a de libre. C'est un lieu très connu. On peut y passer de bons moments et y former des équipes avec des inconnus pour y jouer aux échecs sur des plates-formes en plein air. Les pièces font à peu près quarante centimètres de hauteur et on les déplace à la main, comme sur un plateau normal. Séraphin y avait déjà fait des rencontres *"d'un soir"* mais il se contente le plus souvent de regarder les joueurs en restant attablé dans le *Café-restaurant du Parc du Bastion*. Un lieu chaleureux et décontracté qui lui convient tout à fait.

Bogdana a été bien briefée par le très efficace Yvan et se dirige sans hésiter vers la table de Séraphin. La photo est ressemblante, le lieu très bien décrit. *"Cousin, faudra que je pense à te récompenser"*, pense t'elle.

BOGDANA (s'approchant) : *Monsieur Galvaud ?*

SERAPHIN (à peine surpris, il a déjà remarqué de loin la silhouette flatteuse de Bogdana) : *C'est exact*

BOGDANA (un sourire modeste aux lèvres) : *Je suis journaliste indépendante et souhaiterais échanger avec vous ? Me permettez-vous de...*

SERAPHIN (le geste à l'appui) : *je vous en prie, asseyez-vous...*

BOGDANA (tendant la main) : *Bogdana Kas, je suis indépendante.*

Rien n'est jamais lâché - ni laissé - au hasard chez elle. Elle a bien répété *Indépendante* et non *journaliste indépendante*, le tout prononcé sur un ton empreint d'une douce assurance. Également, toujours garder son vrai prénom, une règle d'or pour une suite d'événements qu'on ne maîtrise jamais totalement. Et puis elle aime bien cette actrice slovène *Katarina Kas, une* jolie quadragénaire, comme elle, pense-t-elle...

La suite est un jeu d'enfant pour Bogdana. Elle connaît par cœur son dossier et aussi les hommes mûrs :

- *Primo, ne pas s'appesantir sur le prétexte de la conversation, une enquête sur les scientifiques en poste au CERN...*

- *Ensuite très vite trouver le sujet qui fait parler l'interlocuteur. Le plus souvent c'est "moi" et cette fois encore c'est bingo, Séraphin se révèle assez doué en ego-trip. Important : se montrer avide d'apprendre, voire presque fragile pour que l'ego du mâle dominateur se laisse aller...*

- *Le final : ferrer l'individu. Elle a des arguments.*

Séraphin, comme tout un chacun, aime plaire. Il est sans extrême illusion sur son attractivité physique - quoique - et trouve flatteur que l'on s'intéresse à son parcours. Si en plus, on peut avoir la perspective d'une *soirée sympathique, cela* lui ferait un peu oublier le suivi laborieux de son ami Augustin... Il décrit assez vite son parcours de scientifique attaché au CERN, côté *"calcul"* précise-t-il, car à son regret il n'avait pas le niveau pour faire partie *"du gang de spécialistes des particules qui y ont le pouvoir"*. Mais bon, cela lui avait donné une certaine renommée et surtout l'accès à des machines prodigieuses, avant d'être repéré par le *Human Brain Project*, pour lequel il intervenait en tant que consultant...

Relancé finement par Bogdana sans qu'il ne s'en rende vraiment compte, Séraphin entame alors une leçon sur les **neurosciences***. Premiers pas ardus, si on veut se diriger vers de la *séduction proactive* pense une Bogdana un peu inquiète. Elle reste très concentrée, car ça démarrait un peu fort... *Cortex, neurones et autres synapses, imagerie transcrânienne...*

Elle le questionne, faussement naïve - mais pas trop - sur l'état des recherches en cours, les bénéfices attendus, les doutes du chercheur…

Alors, il renseigne, il s'enthousiasme et il évoque, d'abord par méprise, puis revient sur le *"cas Augustin"*.

***

Cela fait presque une heure que Bogdana s'est assise auprès de Séraphin. La soirée est bien avancée. La douceur du printemps permet aux joueurs de rester actifs sur la plate-forme aux échecs. Peu de bruits aux alentours, si ce n'est les conversations feutrées sur la terrasse couverte du café genevois.

L'ambiance est propice, la proximité - *intellectuelle s'entend* - bien établie. Séraphin dérive - un peu - en choisissant des exemples plus *intimes* afin de mieux expliquer certains concepts comme les limites actuelles de l'intelligence artificielle.

" *C'est comme pour faire la bise… Imaginez un robot que l'on souhaite programmer pour faire la bise… Rappelez-vous un instant la complexité de l'exercice* ".

Surprise (feinte) de Bogdana. Séraphin reprend.

"*Vous rencontrez un petit groupe bigarré en soirée, en un lieu étranger. Vous y reconnaissez un de ses membres, un ami qui vous fait la bise et vous présente au groupe. Comment décidez-vous de faire ou de ne pas faire la bise aux autres, combien de fois, puis de quel côté initialiser l'affaire, à droite, à gauche, sur la joue ? Ou placer le curseur entre le hug distant à l'américaine et le baiser à la russe…*

*Quels signaux faut-il décoder de la part de votre cible en fonction de sa culture présumée, âge, sexe, des circonstances ? etc... En ce qui me concerne, ce n'est toujours pas gagné après toute une vie d'expériences en la matière...
Alors vous savez le fameux apprentissage profond des robots dont on parle beaucoup, va falloir être patient... »*

Il s'emballe.

« Car voyez vous, il y a le facteur émotions ! Ah ça ! L'amygdale, qui a le contrôle des émotions, a du boulot... Je parle de cette partie du cerveau qu'on est toujours très loin de savoir programmer. Heureusement, sans doute... »

Elle rit de l'exemple choisi, sans trop se forcer.

On passe à autre chose, la discussion devient animée, légère, il se fait tard.

On décide de s'appeler par son prénom, *comme les anglo saxons...*

Oui, elle est disponible pour dîner.

Justement il connait un restaurant très typique.

Bien sûr, il la raccompagnerait.

Chapitre dix

Libertinage, tambourinage et chantage

Prétendre, qu'en ce petit matin, le couple assis dans la cuisine du bel appartement genevois de Séraphin Galvaud, soit l'incarnation de deux amoureux transis, serait assez loin de la réalité...

Il n'empêche, toutes ablutions faites, l'un et l'autre *savourent l'instant* en se retrouvant dans une cuisine accueillante. Il y règne une petite béatitude post-coïtale et affamée. Il semblerait aussi que chacun éprouve un tout autre sentiment. Celui d'une petite *romance romande* fort satisfaisante.

Séraphin Galvaud s'attache beaucoup à surveiller son *"gloriomètre"*. Il apprécie bien trop être reconnu, aimé - au sens *"like"* du terme - pour ne pas se réjouir de cette rencontre imprévue. Le libertinage ? Un privilège de puissant qu'il revendique et apprécie, conscient que cela fût peut-être - ou peut-être pas - l'effet du hasard.

"Eh bon ! ... Il faut savoir saisir l'instant..."

Bogdana Milosevic suit son plan avec délectation. Cerise sur le gâteau, au-delà de la performance tout à fait acceptable du partenaire d'une nuit, il s'avère qu'elle plaît, physiquement et aussi intellectuellement. Cela est très gratifiant. Mais bon, il faut revenir aux affaires...

Séraphin s'active mollement et prépare un copieux petit-déjeuner. Elle se décide et se lance sans aucun préalable ,

« *Tu connais donc un certain Augustin Triboulet n'est ce pas ?* »

Séraphin s'attend toujours à la surprise *"du matin d'après"*. Selon lui, la fornication entre êtres consentants n'exclue pas les épanchements et les confidences, voire peut les susciter.

En revanche, une intrusion si soudaine dans son *premier cercle* le prend au dépourvu. Il abandonne ses activités culinaires, au demeurant modestes - des œufs au plat - pour s'asseoir. L'étonnement qui s'affiche sur son visage ne dévie pas Bogdana de sa trajectoire. Tout en tartinant de marmelade une petite brioche, elle poursuit ce qui ressemblerait bien à un interrogatoire, si ce n'était le ton employé, presqu'envoutant, fort aimable. Elle se met à évoquer *ce personnage,* pointant des détails qui établissent une relation de longue date entre lui et Séraphin. Au grand étonnement de ce dernier.

D'abord muet, il confirme sans protester, un peu sonné - *"ça n'était pas pour mes beaux yeux que cette jolie peut-être-journaliste m'a accosté..."*

Mais déjà, Bogdana entame la suite. Il continue à l'écouter étonné quand elle lui parle maintenant d'une gêne occasionnée à Paris par les investigations de ce monsieur Triboulet. Elle le traiterait de *fouille-merde* que Séraphin n'en serait pas surpris... Il reprend ses esprits et s'apprête à protester.

Pas assez vite pour une Bogdana bien lancée qui s'approche et lui prend les mains qu'elle serre doucement dans les siennes, sans s'arrêter de parler. Elle lui explique qu'Augustin émet d'étranges propos, évoquant des personnalités du monde politique.

"*Et que cela ne peut pas durer, on va dire, sans risque pour l'individu lui-même.*"

Il est maintenant question de
"*Sauver ce qui peut l'être. Et que forcément, il s'est passé quelque chose dans la tête du paisible retraité pour qu'il se mette à cracher de telles vilenies...*"

Elle termine le long monologue par un
"*Séraphin, tu as forcément noté quelque chose, on va dire, d'inhabituel chez lui récemment, non ?*"

L'irruption répétée de ce *"on va dire"* dans son propos amuse Bogdana, avez fière de pouvoir reproduire le style de son *honorable correspondant*.

"*Mais, mais... De quoi je me mêle*", voilà la première pensée plus ou moins rationnelle qui traverse l'esprit embrouillé du malheureux. En même temps Séraphin ne peut pas s'empêcher de penser à tous ces coups de fil d'un Augustin décidément *un peu à l'ouest* depuis son retour d'Islande. Bogdana le regarde droit dans les yeux, elle tient toujours ses mains. Toujours doucement certes, mais... Séraphin commence à être légèrement inquiet de la tournure que prennent les événements. Mû par un ultime excès de confiance, sans vraie conviction, il commence à raconter son passage récent à l'Institut du Cerveau en Islande avec Augustin. Puis le grand intérêt du patron de l'institut pour *le cas Augustin Triboulet* et enfin les vains efforts de ce dernier pour *remettre de l'ordre dans ses souvenirs*.

Pendant l'exposé, la *tourmenteuse* sourit, pour la première fois semble-t-il depuis son entrée dans la cuisine. Séraphin est lui abasourdi par ce qui vient de se passer. Il tente maintenant de se dégager en douceur de l'emprise de Bogdana, à commencer par reprendre pleine possession de ses mains. Il profite d'une légère odeur de brûlé et retourne à ses œufs, maintenant bien trop cuits. Rien n'y fait, elle le poursuit de questions et le professeur-chercheur, totalement déstabilisé répond, renseigne, bredouille, se justifie...

Ils finissent malgré tout par partager un petit-déjeuner qui est certes un peu sinistré. Près d'une heure s'est écoulée depuis leur réveil. Séraphin est anéanti quand soudainement Bogdana se lève pour prendre congé. Un dernier sourire qui se veut apaisant, répond à celui d'un Séraphin à la fois soulagé, toujours sous son emprise et qui émet du bout des lèvres *un au revoir* affligeant de banalité.

"Non, il n'irait pas de sitôt batifoler au parc des bastions..."

***

Bogdana est maintenant lancée à grande vitesse. Elle rejoint rapidement le *"bureau"* d'Yvan, en fait un café kebab minable dans le quartier *Paquis* de Genève et lui demande de maintenir un suivi rapproché de Séraphin. Pour s'assurer de sa motivation, elle lui remet une enveloppe généreusement garnie. Elle a maintenant une nouvelle carte à jouer, mais une fois de plus, elle a besoin de se renseigner calmement et complètement sur ce Stig Tomson dont lui a longuement parlé son *scientifique-piètre-cuisinier* de ce matin.

***

Seraphin Galvaud n'est pas un héros, il le sait bien. Mais il se croyait capable de ne pas se faire mener par le bout du nez et surtout il se découvre quelque peu délateur…

" *Le sexe ça ramollit* " est sa première pensée lorsqu'il sort de chez lui, peu après l'envolée de Bogdana.

Sa seconde pensée est pour Augustin qu'il doit prévenir au plus vite.

Il se rassure - un peu - en se remémorant ce qu'il a lâché au sujet des activités de Stig Tomson. Rien que du grand public de toute façon, tout est récupérable sur le Net. Rien de sérieux, non, ce qui le gêne le plus est de s'être engagé auprès de Bogdana à convaincre Augustin de retourner en Islande, au plus vite, afin de comprendre ce qui lui arrive et arrêter sa *diarrhée mémorielle*. Se laisser dicter son destin n'est pas vraiment le genre d'Augustin.

" *C'est pas gagné d'avance* "

Mais a-t-il le choix ? Cette Bogdana de malheur lui fait peur. Elle en sait beaucoup sur lui, ses mœurs et ses faiblesses. Il n'a aucune envie que tout cela ne s'étale… Sa réputation et sa renommée éclaboussée pour une passade…

" *Serais-je victime d'un chantage, en quelque sorte ?* "

Façon toute personnelle de se disculper alors qu'il s'apprête à appeler Augustin. Façon aussi de ne pas trop chercher à savoir quelles sont ces révélations gênantes que son ami rêveur propagerait *à Paris…*

C'est fou comme on devient vite parano... Séraphin décide de sortir de chez lui pour appeler Augustin. Il prend son portable puis se ravise. Il doit bien y avoir encore une cabine téléphonique en fonctionnement dans Genève ! Il se dirige à grands pas vers le quartier proche de la gare Cornavin. En Suisse aussi, l'usage de la cabine téléphonique disparaît. La troisième cabine visitée fournit enfin à la fois le combiné et la tonalité espérée. Le temps presse, il faut convaincre Augustin d' "Y" retourner plus vite que prévu. Un rapide coup d'œil au calendrier lui a donné une idée. La fête nationale Islandaise approche, en *pleine période sans nuit*. Un bel événement à ne pas manquer. Il va lui proposer de joindre l'utile à l'agréable.

Chapitre onze

Ça cogne !

Sigríður n'en croit pas ses yeux lorsqu'elle rentre d'une longue journée de travail à l'institut. À la vérité, ce sont ses oreilles qui l'alertent en premier. Un tambourinage léger, irrégulier, erratique provient du bureau où se situe le grand écran connecté à internet.

Tripeul-É se tient debout, devant l'écran, avec un petit tambour posé sur le sol devant lui. Il le frappe avec passion et aussi deux petits maillets, faisant face à l'image d'un Charlie en toute splendeur qui exécute - c'est le mot - à coups de pattes et de bec *son morceau du matin,* maintenant rendu célèbre par Augustin…

Kheezran se tient à distance, comme pour ne pas interférer et arbore un large sourire.

SIGRIÐUR : *C'est nouveau ça !*

KHEEZRAN : *Incroyable, tu veux dire ! Je lui ai ramené ce jouet ce matin, il a insisté pour appeler Charlie… Et puis cela n'a plus arrêté depuis près d'une demi-heure…*

Charlie et Arthur s'accordent une pause. Reposant. On a beau être convaincu que la bonne éducation d'un enfant passe par l'expression artistique - en plus du codage informatique, cela va de soi - cela fait du bien aussi quand le vacarme s'arrête. Une tête adulte apparaît sur l'écran

AUGUSTIN : *Alors voilà ! C'est donc ça le son primordial, l'origine du rythme de l'univers !*

SIGRIÐUR : *Rien que ça…*

AUGUSTIN : *C'est l'arme psychologique qui défait de l'intérieur toute résistance à l'ennemi…*

SIGRIÐUR : *Voilà qui est bien guerrier Augustin*

AUGUSTIN (sourire en coin) : *si peu... Sigríður je viens d'avoir une longue conversation avec mon ami Séraphin, il me recommande vivement de revenir à l'Institut. Ton patron m'avait invité et je n'y tenais pas plus que ça, mais bon... Il paraît que ça me ferait du bien pour conclure sur ce foutu trou de mémoire.*

SIGRIÐUR : *un peu genre trou d'ozone qui se referme non ? Où en es-tu ? Je croyais que tu allais mieux de ce côté là?*

AUGUSTIN (distant) : *ça se reconstruit petit à petit, le puzzle reste éparpillé, mais j'ai ce copain journaliste qui m'aide à mettre tout ça en ordre et on enquête ensemble, passionnant... Mais oui, je vais venir voir ton patron, je crois bien. Très prochainement, à l'occasion de la fête nationale de ton beau pays...*

Sigríður ne dit mot, se contentant de lever les yeux au ciel, ce qui passe inaperçu à l'écran. De toute façon elle connaît *"son"* Augustin qui n'en fait qu'à sa tête.

Bogdana se sent des ailes. Tout va vite depuis sa *nuit torride* avec le malheureux Séraphin Galvaud qu'elle sait avoir laissé un peu perturbé.

En fait l'affaire se révèle plus excitante qu'elle ne l'a d'abord imaginée. Elle passe à cette nouvelle étape de l'enquête avec délectation.

Mais d'abord, il faut se préparer à rencontrer le patron de l'institut Islandais du Cerveau : le *comportement numérique* de Stig Tomson lui facilite grandement la chose. *"Un comportement de mégalo, ça aide".* Un vrai livre ouvert ce monsieur !

Avec l'ardeur et la précision qui la caractérisent, elle commence par pas mal de lectures : le programme scientifique *Human Brain Project,* dont lui a parlé Séraphin pour commencer, histoire de s'approprier - à défaut de toujours le comprendre - le vocabulaire.

Mais surtout, elle potasse le profil de l'individu et les forums sur lequel le grand spécialiste du cerveau adore s'épancher. Elle repère aussi sa présence sur certains sites de jeux pas franchement scientifiques. L'homme est tellement imbibé et féru de sa personne qu'il y va à découvert.

"Tout en bouffonnerie et testostérone le type ! Et visiblement ce ne sont pas les jeux vidéo qui l'aident à en éliminer le surplus !"

***

Une *"recommandation"* un peu inventée de Séraphin, permet à Bogdana d'obtenir rapidement un rendez-vous téléphonique avec Stig Tomson.

L'échange démarre tout aussi prestement. *Bogdana Kas* est devenue une ancienne collègue d'Augustin Triboulet qui s'inquiète du comportement manifesté par celui-ci... *"Depuis son passage en Islande, à l'Institut que vous dirigez Professeur, qu'en pensez-vous ?"*

Stig Tomson, d'abord surpris, reste évasif dans sa réponse. Un peu trop pour un vantard pareil. Il esquisse même une diversion en rappelant à la *"collègue"* que l'essentiel de ses travaux porte sur l'éthologie. Et qu'il serait ravi de les lui présenter : la science des comportements des espèces animales dans leur milieu naturel et en particulier les Bonobos, *"vous savez cette espèce de primates très doués et proches de l'homme. Alors que cet institut est plutôt un outil d'enregistrement bien moins intéressant pour le journalisme scientifique en général et pour elle en particulier"*.

Bogdana s'engouffre immédiatement dans le malaise que cette diversion simiesque masque si mal. *"Le type craint quelque chose c'est clair."*

Elle dispose d'à peine une semaine avant de revoir son correspondant à Paris. *"Si je veux palper gros et vite, faut tenter, maintenant et fort..."* Une fois encore, elle décide d'y aller *direct, à l'uppercut.* La boxe ça la connaît depuis une adolescence musclée, mais cette fois le poids lourd n'est pas celui qu'on croit. L'allusion frontale au passage perturbateur d'Augustin à l'institut n'a pas eu l'effet définitif escompté. Stig Tomson s'en remet très vite, sans esquiver, il questionne fermement les insinuations de Bogdana.

" Oui ! L'institut étudie les pathologies "

" Oui ! Celle d'Augustin est une chance, un trou (de mémoire) pareil, bien borné dans le temps, ce n'est pas tous les jours "

" Non ! Il n'est pas "intervenu" de quelque manière que cela soit " - il s'en convaincrait presque.

" Non ! Il ne voit pas pourquoi Augustin réagit de la sorte depuis son passage - le menteur - mais il fera le point avec lui très prochainement car justement il s'est annoncé pour la fête nationale et d'ailleurs vous devriez venir voir vous-même… "

Bogdana est à son tour désarçonnée par l'avalanche de crochets bien ajustés. Il en faudrait plus pour la faire vaciller, mais elle juge plus prudent d'esquiver.

Son *"dossier"* sur Augustin, tout aussi documenté qu'il est, est incomplet et pourrait lui faire prêter le flanc. Son identité inventée lui permet encore moins d'aller sur place. Elle prétexte un *"point journalistique incontournable sur l'hypermnésie justement"* et décline poliment l'invitation - pas folle, la guêpe - non sans lâcher un ultime.

"Le fait est, et demeure, cher Professeur, que ce monsieur Triboulet se répand en allégations de plus en plus dommageables pour les personnes que je représente et ce depuis le "traitement" suivi - ou subi ? - En votre institut. Cela gène. Beaucoup. Cette prochaine visite ne vous donnerait-elle pas une excellente opportunité de - on va dire - mettre de l'ordre dans tout cela ? " …
« L'ordre, vous savez, ce fondement de nos sociétés que tout un chacun se doit de préserver…"

Bazar et cécité

Bogdana a pratiqué la boxe mais aussi suivi des cours de théâtre lors de son arrivée à Paris. Histoire d'apprendre les différentes manières de s'exprimer. Il en est resté cette propension au *"parler bizarre"* comme lui disent ses (rares) proches.

Stig Tomson est un peu moins adepte du phrasé alambiqué, il saisit pourtant bien la menace voilée et prend congé tout aussi poliment en promettant d'y réfléchir. Il faut dire aussi qu'il a eu une étonnante succession d'appels ces derniers jours ! D'abord Séraphin Galvaud qui lui annonce la venue prochaine d'Augustin Triboulet, puis la confirmation par celui-ci et enfin cette *journaliste* agressive…

" *Tout cela est bien rageant !* "

Avoir sous la main le *"cas idéal"*, l'individu qui démontrera une avancée décisive - la sienne - pour la compréhension de certains mécanismes de CONTRÔLE de la mémoire.

" *Et il me faudrait renoncer ? !!!!* "

" *Non, cela n'est pas digne de lui, Stig Tomson !* "

" *Ce qu'un Bonobo subit sans dommage, un homo sapiens - fut-ce de l'espèce Augustin Triboulet - doit pouvoir le supporter !* "

Il décide pourtant d'ajouter un second scénario pour les *manipulations* qu'il a préparées en vue de arrivée prochaine de son *Sapiens Perturbateur*. C'est ainsi qu'il a décidé de désormais nommer Augustin Triboulet. Ce en quoi il n'a pas forcément tort.

Il y aura donc un plan B, juste en cas de nécessité absolue. La possibilité d'un retour en arrière.

"Pouvoir déconnecter ce que l'on a reconnecté"

Un travail d'électricien somme toute...

***

Chapitre douze

Silhouettes

Deux taches grises, d'aucuns parleraient de silhouettes, en plein brouillard, déambulent au loin dans la campagne genevoise.

UNE SILHOUETTE AU LOIN : *De toute manière, avec un patronyme pareil, tu n'as aucune chance d'avoir une existence paisible !*

L'AUTRE A SES COTES : *Ah ça ! Amusant ! On me l'a déjà faite celle-là, souvent, trop souvent !*

LA PREMIÈRE : *Désolé Augustin, je tente la dérision c'est tout.*

L'AUTRE - AUGUSTIN (donc) : *oh c'est bon ! ... Mais quand même, je découvre qu'un morceau de mon moi dérange et doit disparaître... Permets-moi d'être surpris !*

LA PREMIÈRE : *C'est surtout pour te préserver. Ce retour de souvenirs incohérents n'est pas très sain, tu en conviens non ?*

AUGUSTIN (acquiescent mollement) : *Mais je n'ai pas fini le job ! Séraphin, il n'y a pas moyen d'éviter ce passage en Islande ?*

LA PREMIÈRE (SERAPHIN donc, en menteur émérite) : *Je n'ai pas choisi le timing, crois-moi sur parole ! Tu dois partir, maintenant ! Et régler cette histoire. J'ai ton billet, on a juste le temps d'aller à l'aéroport.*

Les deux silhouettes continuent de se déplacer au loin sur un petit chemin à travers les vignes. En toile de fond, la campagne genevoise brumeuse, avec au lointain les hauteurs du Jura. Pas un bruit, il est très tôt. Les deux taches à vague forme humaine, sans vraies couleurs se déplacent d'un mouvement lent et saccadé. Elles avancent de concert puis tantôt l'une, tantôt l'autre s'immobilise. Alors un bras tendu émerge d'une tâche et l'autre paraît l'enlacer, comme pour la protéger. Puis la marche reprend chaotique.

C'est à peu près tout ce que voit dans ses jumelles le chauffeur d'un SUV garé sur la route de Satigny.

LE CHAUFFEUR (maugréant) : *on est bien trop loin pour lire sur les lèvres, mais ça repose un peu. Ces écoutes téléphoniques sont vraiment fastidieuses !*

La femme assise à côté de lui a elle aussi renoncé à suivre les bavardages incessants de son client du moment, cet Augustin Triboulet. Il y a beaucoup plus intéressant à faire qu'écouter les dérapages verbaux de cet excentrique - l'une des deux silhouettes qui se détachent dans la brume - quand à l'autre... Elle la connaît *très bien, intimement même*. Il fallait juste vérifier.

LE CHAUFFEUR (après un ajustement de ses jumelles...) : *Et voilà ! Bogdana tu as raison il l'a bien convoqué ! C'est Séraphin Galvaud.*

Il n'a pas le temps d'élaborer car la femme assise à ses côtés sort d'une somnolence toute relative, se redresse et lui arrache les jumelles des mains.

BOGDANA : *Allez cousin, on s'arrache. Le poisson est ferré ! Je sais où ils vont. Tu me lâches dans le centre et tu reviens me prendre demain matin à l'hôtel... Si tu veux palper, va falloir encore bosser... L'affaire n'est pas terminée pour toi.*

***

Augustin Triboulet était arrivé le matin même *à l'heure convenue, ponctualité Suisse oblige*. Un trajet habituel et bien rodé : sauter du TGV en gare centrale de Genève pour prendre, juste à la sortie de la gare, le tram de la ligne *Terminus CERN*.

Il était descendu à l'arrêt situé devant le bâtiment déjà ancien qui accueille les nombreux visiteurs de ce haut lieu de la recherche scientifique. Il n'avait pas eu longtemps à attendre, son ami l'y avait rejoint quelques minutes plus tard.

Sans un mot, ils avaient pris ensemble la rame qui retourne vers le centre de Genève pour vite la quitter à la station *Maisonnée.* Un vrai rituel cette promenade dans la campagne viticole aux alentours du centre de recherche - ou plutôt au-dessus d'un gigantesque enchevêtrement de tunnels bourrés de machines complexes, une centaine de mètres sous leur pied. Vieille habitude que cet exercice pratiqué ensemble et si souvent. En fait, chaque fois qu'Augustin venait à Genève ou presque. Été comme hiver ils parcouraient alors les vignobles de Satigny avant de retrouver quelques connaissances et de se restaurer autour d'une fondue, le plus souvent dans un chalet non loin de la frontière.

Cette fois-ci, c'est Séraphin Galvaud qui avait fait venir Augustin *toutes affaires cessantes.*

Pas de festivités au programme. Ni retrouvailles, ni ripailles avec les amis du *"cercle des certitudes disparues".* Juste cette courte promenade explicative avant de rejoindre l'aéroport.

Augustin semblait subir les événements, mais de fait se sentait rassuré, après tout il allait retrouver Sigríður.

***

Chapitre treize

Þjóðhátíðardagurinn

La Fête Nationale Islandaise - ou *Þjóðhátíðardagurinn* - est un jour dédié à la célébration de la nation. Chaque dix-sept juin, on commémore un peu partout dans le petit pays l'indépendance vis-à-vis du Danemark.

Sigríður accueille Augustin à l'aéroport de Reykjavik la veille des festivités. Le court trajet pour l'emmener à l'Institut l'a dissuadé de trop en dire à Augustin. Et pourtant elle a de quoi ! Les éléments glanés par Kheezran - une stagiaire décidément très futée - sur les protocoles de tests prévus pour Augustin sont intrigants. Elle y a repéré deux sessions dites *expérimentales,* en plus du protocole exploratoire habituel.

■ ■ ■

KEERZHAM : *Tu sais ce qui m'a mise sur la piste ? Ce sont* **VISHNU** *et* **SHIVA** *!*

SIGRIÐUR : *Alors, c'est fait, tu n'es plus musulmane ?*

KEERZHAM : *Very funny ! Tout Pakistanais, même s'il s'en défendra avec la plus haute énergie a été exposé à la culture Indienne non musulmane… Et voir ces deux divinités en tête de deux scenarii informatiques :*

VISHNU, *le « préservateur » qui combat pour le bien et descend sur terre pour aider l'humanité ! et* ***SHIVA,*** *à la fois « créateur et destructeur » , c'était forcément intrigant…*

Sigríður doit l'admettre tout cela ne lui parle pas trop. Alors, de là à demander des comptes à son patron… Mais le tout est suffisamment bizarre pour devoir agir et tout faire pour qu'Augustin renonce à ces examens prévus juste après la fête nationale. Pas facile avec ce têtu qui est maintenant convaincu de pouvoir se débarrasser de son trouble de mémoire. Elle décide d'attendre le lendemain et la fin de la journée de festivités pour tenter *"de se connecter de nouveau avec son ami "*. Vocable un peu technique qui résume froidement mais lucidement son état d'esprit. C'est qu'elle a été échaudée lors du dernier passage d'Augustin. Il n'avait pas vraiment voulu *se confier* et avait fui toute discussion approfondie sur son malaise - ou son mal-être ? - récurrent.

Cette fois, l'enjeu lui paraît trop important. Elle ne veut pas - surtout pas - se rater et laisser Augustin *"se faire tripatouiller la cervelle par un apprenti sorcier…"*. Priorité donc à la détente, avec la géographie et les anecdotes islandaises pendant le trajet et pas de discussions gênantes. Déjà, *"se remettre sur une bonne longueur d'onde bien partagée, on verra ensuite…"*. Alors on parle géothermie devant le *blue lagoon,* un haut lieu du bain chaud et riche en minéraux, on s'inquiète sur l'activité des volcans en longeant la côte désertique parsemée de rochers de lave et on se moque même du folklore local à la veille de la fête nationale…
"Non ! Je ne me déguiserai pas en dame des montagnes " Comme l'exige pourtant la tradition du jour que rappellent avec aplomb Augustin et Keerzham …

***

Bazar et cécité

Stig Tomson, de par ses origines danoises, met un point d'honneur à organiser les festivités du *Þjóðhátíðardagurinn* pour son staff. Histoire de bien montrer qu'il a fait pleine allégeance... L'Islandais peut être susceptible.

Les festivités, dans les rares zones urbaines, prennent traditionnellement la forme d'un défilé mené par une fanfare avec souvent des cavaliers et des porte-drapeaux. Occasion aussi de lire en public des textes de la tradition - pardon, de la saga islandaise - dont le poème de la *Dame des Montagnes,* digne représentante de l'esprit féroce de la nation et de la nature islandaise. La célébration prend ensuite un ton moins formel avec musique, sucreries pour les enfants et un lâché de ballons.

La pluie est traditionnellement attendue, particulièrement dans le sud-ouest du pays - *Comme aujourd'hui, sans surprise* - pense Stig Tomson. Il a organisé cette année une excursion pour tout son staff et leurs proches, après une courte célébration officielle à l'Institut. Deux bus ont été affrétés pour emmener tout ce petit monde ainsi qu'une fanfare locale aux cascades de Gullfoss, *lieu d'une beauté sans égale,* précisent les guides touristiques. La petite troupe réunie sur le parking de l'Institut s'engouffre dans les bus.

Augustin a été invité, bien entendu. Il se tient au côtés de Sigríður et de Kheezran qui pour une fois n'est pas mobilisée comme baby sitter. Augustin est d'apparence sereine. La présence espiègle et bruyante de Tripeul-É y est pour beaucoup. L'enfant a insisté pour prendre son tambour.

***

La puissance des flots impressionne tout visiteur arrivant à Gullfoss. Une double chute bouillonnante se jette par-dessus la faille d'un profond canyon. Le parking visiteur est situé au bord d'un plateau qui surplombe la cascade à bonne distance. On l'entend à peine. C'est une première pour Augustin qui s'extasie devant le spectacle en descendant du bus. La légère bruine ne semble gêner personne. Sigríður est ravie d'avoir pu emmener Tripeul-É. Pour le bon air bien sûr. Histoire aussi de ne pas être disponible et de pouvoir ainsi éluder tout échange approfondi avec son patron.

Stig Tomson est descendu en tête du premier bus, accompagné de son fameux primate apprivoisé. Max est un Bonobo mâle adulte. Il mesure un peu plus d'un mètre pour quarante-cinq kilos. Une présence qui ne passe pas inaperçue. Ce qui ravit son propriétaire. Le *couple* se dirige immédiatement vers le point d'observation.

Question gestuelle, le primate Bonobo n'a rien à envier au primate Homo sapiens. D'ailleurs Max se comporte *comme* le Sapiens qui l'accompagne, Stig Tomson. Sont-ce les nombreuses heures d'apprentissage passées ensemble ? – *et d'ailleurs qui avait appris quoi à qui ?* – ou l'espace de vie partagé toutes ces années, causes probables de mimétisme ? En tout cas Max adopte souvent les mêmes postures que Stig Tomson. Et vice et versa.

L'un et l'autre se tiennent maintenant debout le dos à un très petit mur qui sépare le belvédère du profond ravin derrière eux. Sous un léger crachin, Ils font face à la petite assemblée joyeuse qui s'approche sur la petite esplanade pour contempler l'impressionnante cascade au loin.

Les postures de Stig et Max sont fières, voire auto satisfaites. Stig a provisoirement oublié la conversation pénible de la veille avec cette *Bogdana Kas "une pseudo-scientifique et maître chanteuse, voilà ce qu'elle est ! Et puis c'est tout ! Rien ne l'empêchera d'avancer et de réaliser son destin ! Cela serait VISHNU donc ? "*

Il est *ailleurs dans ses pensées* et son bon vieux Max à ses côtés semble l'y suivre. L'heure est à la re-présentation. Ça tombe bien, c'est un petit défilé informel qui passe devant le couple, comme à la parade. Forme d'allégeance ou tout simplement passage obligé pour rejoindre le chemin qui descend en lacet vers la cascade…

La fanfare locale s'est tue depuis longtemps, faute de munitions. Les trois airs connus ont été joués plusieurs fois depuis la descente des bus. Trop de fois, au goût de Sigríður qui avance comme tout le monde, passe devant *Stig & Max* et s'engage sur le chemin qui permet de quitter le belvédère. Elle ne souhaite pas engager une conversation avec son patron, toute occupée - cela tombe bien - à suivre avec attention la démarche erratique de Tripeul-É juste devant elle.

Augustin n'a pas cet alibi. Il esquisse un grand sourire et s'entend signifier un

"Profitez bien du bon air islandais Monsieur Triboulet… Nous serons bocalisés demain et ce toute la journée !"

Augustin n'a pas grande envie non plus d'engager la discussion, ni surtout le temps de répondre, car Tripeul-É aborde maintenant le chemin descendant en entamant sans préavis un *"Charlie beats"* et ce, de toutes ses forces sur son tambour.

L'enfant est sans doute un peu frustré d'avoir été contraint au silence pendant la performance de la fanfare. Augustin est trop heureux du prétexte et s'approche rapidement de l'enfant, sans percevoir la réaction immédiate et surprenante de Max qu'il vient juste de dépasser.

Ce dernier se redresse avec superbe. Même du haut de son petit mètre cela reste impressionnant car au même moment tous les poils de son corps semblent se hérisser comme pris dans un nuage électrostatique. Toujours absorbé par ses rêveries mégalomaniaques, Stig ne voit pas tout de suite la foudroyante transformation de Max.

Regrettable... Car si le son du tambour s'amoindrit légèrement en même temps que Tripeul-É s'éloigne, la métamorphose de Max continue. Il saute sur le petit muret humide et glissant et s'agrippe à Stig.

Surpris, en porte à faux contre le muret Stig perd l'équilibre et semble s'agripper à Max. Les deux mouvements ne sont pas coordonnés et c'est le couple qui vacille puis finalement commence à basculer par-dessus le muret. Plus rien ne les retient. Les spectateurs de la scène restent muets, incapables de la moindre réaction.

Tout est trop soudain. On a l'impression que Stig et Max échangent un ultime regard, où est ce la simple coïncidence du mouvement des deux têtes tournées l'une vers l'autre ? Ils ont perdu définitivement tout contrôle et tombent dans le vide.

" **VISHNU ou SHIVA ?** "

C'est l'ultime considération rationnelle qui traverse l'esprit horrifié de Stig, suivie d'un cri, étrange synthèse des sons émis par le savant et l'animal. Une seconde rafale sonore assourdie provient de l'assistance, Le bruit plus profond d'une aspiration horrifiée. Lugubre.

Sigríður entend les cris derrière elle. Un instinct maternel, qu'elle se découvre, lui fait saisir la main de Tripeul-É pour l'empêcher de se retourner pendant qu'Augustin, lui aussi surpris par sa propre réaction protectrice, s'interpose derrière Sigríður et l'enfant comme pour les isoler du belvédère et de ce qui vient de s'y passer.

Déjà, une petite foule ébahie s'y serre. Un audacieux finit par s'approcher du muret et pousse le hurlement que l'on qualifie d'horreur dans ce genre de situation heureusement fort rare. Stig Tomson et son compagnon Max gisent près de cent mètres plus bas. Les corps bien reconnaissables sont inertes et sanguinolents, immobiles.

Tripeul-É ne semble pas avoir réalisé ce qui vient de se passer. Il est juste déçu d'avoir dû renoncer au roulement de tambour car les deux adultes lui ont pris la main. Ils l'entraînent fermement sur le chemin, bien décidés à l'éloigner au plus vite. Sigríður et Augustin ont juste échangé un bref regard et sans un mot, ont pris l'option de continuer la descente et de *"faire comme si ... rien ne s'était passé"*.

Il y a des moments comme ça où la complicité permet de faire les choses à contre courant, mais pour une bonne cause: l'enfant n'a rien vu. On lui explique que le cri entendu est celui d'animaux dans la cascade, tout en bas.

"*Et qu'on allait voir ça tous ensemble...*"

Les personnes maintenant rassemblées sur le belvédère sont trop *groggy* pour les remarquer s'éloigner.

Augustin est choqué par ce qui vient de se passer, *mais pas plus que cela*, à sa grande surprise. Il se sentirait même presque coupable de la première pensée égoïste qui lui vient :

"*Hum, cette histoire de tests, demain, me parait bien compromise*".

Sigríður est quant à elle, très secouée par l'accident. Son contrôle rapproché des faits, gestes et émotions de Tripeul-É l'aide à ne pas tituber alors que le trio continue à cheminer lentement vers la cascade. Son teint blême la trahit pourtant. Augustin s'en aperçoit et invente une histoire de *pause-spectacle* pour contempler la jolie cascade d'or, ainsi nommée en Islande à cause du rayonnement qui peut la traverser par jour de grand soleil.

Il remercie le ciel - fait assez rare chez lui - pour l' éclaircie opportuniste qui s'installe. Les brumes de vapeur d'eau se parent alors d'une multitude d'arc-en-ciels. Il en profite pour broder sur des légendes que Sigríður ne semble pas connaître. Pas étonnant.

Ils ne remonteront qu'une demi-heure plus tard. Un véhicule de police et une ambulance sont garés non loin des bus dans lesquels attendent patiemment les participants de la sortie. Personne ne leur en veut pour l'attente prolongée. Silence à peine perturbé par de courts échanges entre voyageurs. Le choc de l'accident tragique et stupide est toujours présent dans les esprits. Aucune allusion à *l'effet du tambour*, chuchote Sigríður à Augustin.

Le trajet de retour à l'institut paraît interminable. Discussions discrètes et conciliabules, mais peu de manifestations émotionnelles. On est en Islande. La dispersion de la petite troupe se fait en silence sur le parking de l'Institut.

Trois adultes et un très jeune enfant se dirigent vers un véhicule d'un autre âge, celui de Sigríður.

KHEEZRAN : *Mais qu'est-ce qu'on va faire demain ?*

SIGRIÐUR : *Bosser ma chère !*

AUGUSTIN : *Je comprends son malaise Sigríður. Même si je suis plutôt rassuré de ne pas retourner me faire ausculter…*

SIGRIÐUR : *Tu veux dire manipuler ? As-tu la moindre idée de ce que Kheezran a pu récupérer ?*

AUGUSTIN (encore un peu dans le déni) : *non, mais d'abord, vous expliquez comment, vous, le coup du tambour qui rend fou le bonobo ?*

Le regard sombre de Sigríður passe successivement sur Augustin et Kheezran alors qu'ils montent dans sa voiture. Bien sûr qu'elle est troublée par l'impossible simple coïncidence entre le roulement de tambour et la crise de folie de Max le Bonobo domestiqué.

Elle se sent seule aussi, très seule, puis regarde dans le rétroviseur Tripeul-É installé avec Kheezran. Etre marraine de l'enfant lui avait paru être une simple formalité, *pour faire plaisir à Manfred et Helena*. Elle en réalise maintenant la responsabilité. Tripeul-È la sort de cette réflexion :

"Jouer tambour avec Charlie ?"

Chapitre quatorze

Des primes ou déprime ?

Bogdana, aidée par le *cousin Yvan* mènent l'enquête sur le propriétaire de la résidence sise à l'adresse fournie par le *"correspondant"* lors de leur dernière rencontre au Jardin des Plantes. C'est le dernier maillon.

Un travail peu glorieux sur internet à fouiner puis corréler les faits, suivi de quelques vérifications de terrain, avec l'aide d'Yvan. La journée y passe mais le résultat la satisfait pleinement. Elle est de très bonne humeur et - fait assez rare autant qu'Yvan puisse s'en rappeler - elle le remercie lorsqu'elle le quitte pour retourner à son hôtel. Il y a d'abord la perspective de rejoindre sa belle chambre avec vue sur le lac Léman. Et puis, savoir Augustin Triboulet dans les griffes de Stig Tomson qui selon ses dires *"va s'occuper de lui"*. Enfin surtout, il s'avère que le dénommé Donu Patacchini qui réside à l'adresse fournie a quelques zones ombres dans sa longue existence. De quoi lui demander des comptes.

À commencer par une arrivée à Genève peu claire depuis sa Corse natale suivie d'une époque fastueuse qui commence justement en 1990. Cette même année mystère que *sa cible,* Augustin Triboulet, essaie désespérément de reconstituer. *Cible…* Bogdana a toujours tendance à militarisé le propos. Il n'empêche, même si le *bavard* se fait neutraliser en Islande, il va falloir *traiter la racine du mal*. Autre formulation qui lui est chère. Elle relit cet extrait de presse qu'elle a déniché, certes incomplet mais très explicite.

Le dimanche 25 mars 1990, 31,4 millions de francs suisses — soit 220 kg de billets — sont volés à l'Union de banques suisses de Genève. Le butin n'a jamais été retrouvé. L'organisateur est Michel Ferrari, il sera dénoncé et condamné à sept ans et demi de prison. Sa part du butin, qui était de 15 millions de francs suisses, ne lui a jamais été remise : ce sont ses complices qui l'ont gardée. Le gang corse de la « Brise de mer » a été accusé de ce forfait et quatre de ses membres finalement emprisonnés : André Benedetti, Alexandre Chevrière et les frères Patacchini.

Bogdana se sent au sommet de son art. Elle ne croit pas aux coïncidences. Les dates concordent. Elle a matière à *questionner,* dans un premier temps. Ensuite, il faudra " *effacer, proprement, cela va sans dire...* "

Sans aller jusqu'à penser que c'est de l'argent facilement gagné, elle se trouve *"très bonne sur ce coup-là"* et décide de s'accorder une petite récréation. Elle se déshabille et s'allonge sur le lit géant de sa chambre *grand confort*.

"On bouclera l'affaire demain, voilà tout". Elle sort un petit paquet de sa poche en extrait une pilule qu'elle ingurgite goulûment avec une verre d'alcool et allume la TV. Elle zappe très vite les images de la guerre en Syrie qui lui rappellent trop son adolescence et se choisit une chaîne payante porno. Elle hésite entre *Blanche Fesse* et *les Sept Mains* et *Chérie, j'ai agrandi les godes,* pour finir par acheter les deux films. Et puis, vogue le navire.

***

Donu Patacchini a l'habitude, une parmi tant d'autres, de préparer puis célébrer chaque année, la foire du vin de Luri, son village natal - *A fiera di u Vinu*. C'est début Juillet dans moins de deux semaines. Il ne retourne jamais en Corse et il la célèbre certes à distance mais avec une quasi-dévotion. Il s'arrange pour se faire livrer le précieux nectar ainsi que les charcuteries et fromages qui vont avec et invite son premier cercle d'amis chaque premier week-end de juillet. Une *libation-tradition* que Mike Brant et les proches ne manqueraient pour rien au monde.

Mais voilà, cette année, il n'a aucune envie de lancer l'affaire. Non qu'il ait oublié. Malgré son grand âge, la mémoire fonctionne très bien. *C'est pas comme pour cet Augustin !* Non, aucune envie de célébration, c'est tout. Le viticulteur et ami de Luri, par habitude, lui a quand même fait livrer ses cubitainers de vin mais Donu n'y a pas touché. De toute manière pas besoin d'ouvrir les cartons, il puise dans sa réserve qui est toujours bien pourvue. Il déprime et consomme sans modération. Et donc déprime encore plus. Cela date du passage de son ami et *apprenti-du-son* Augustin justement, il y a près d'un mois maintenant.

" *Ah la surprise !* ", certes vite dissimulée, lorsque Augustin lui a fait écouter ce bref et étrange enregistrement de battements irréguliers qu'il connaissait si bien. Donu croyait avoir bien enfoui au plus profond de lui-même un épisode peu glorieux de sa vie antérieure. Il n'y avait pourtant aucun doute possible. Cette suite de battement émis par le perroquet d'Augustin collait pile poil avec ce qu'il avait utilisé près de quarante ans plus tôt sur le jeune Augustin lui même.

Certes, ce fût « *à l'insu de son plein gré* », comme un certain cycliste... Mais même l'humour facile ne soulage pas Donu. Savoir son ami - un des rares à le soutenir depuis toutes ces années - en difficulté, était une chose. Reconnaître la raison du trouble de mémoire du pauvre Augustin en était une autre. Savoir en être le responsable achevait de l'abattre. Et donc Donu buvait. Beaucoup. Histoire d'oublier.

Oublier de ne pas avoir eu le courage de rappeler Augustin, de lui avoir TOUT DIT.

Oublier de savoir son ami en plein désarroi par sa faute et être maintenant *dans les mains de la science*, comme lui avait dit Séraphin.

Oublier pour oublier.

Depuis les livraisons du vin et des victuailles pour *"sa" fiera di u Vinu* annuelle, sa mélancolie empire. Donu s'isole, ne prend plus aucun appel et limite les contacts extérieurs à l'essentiel. Sa cécité lui a déjà provoqué ces instants de profonde détresse qu'il connaît bien. Mais cette fois il ne trouve plus la force de s'extraire d'une déprime qui l'envahit peu à peu.

Il n'a pratiquement pas bougé de sa cuisine depuis trois jours, enchaînant bouteille sur bouteille.

Sa résolution est prise. Cela ne peut plus durer. Il se saisit de son clavier-braille, jamais loin de lui. L'esprit est engourdi, il parvient néanmoins à dialoguer avec son ordinateur. Son *petit génie* comme il l'appelle, celui-là même qui lui permet de (presque) tout contrôler dans sa maison. Pratique pour un aveugle. Cela dure près d'une demi-heure puis il s'affale dans son fauteuil.

"Voilà c'est fait. Demain dimanche. Midi pile. Il n'y aura personne dans ma rue. Parfait pour une ultime messe pour le temps présent en l'honneur de Pierre Henry."

Une dernière manipulation lui permet de lancer sur sa sono les *absences-de-mélodies* du *"Voyage d'après le Livre Des Morts Tibétain"*, une autre œuvre de son maître depuis toujours : *"l'homme du studio, le chef de bande magnétique et maestro de l'orchestre de haut-parleurs"*

***

Bogdana s'est levée très tard. Elle arrive devant l'immeuble de Donu Pattachini en fin de matinée. Elle n'a rencontré personne dans ce vieux quartier caché derrière la cathédrale. Par habitude, elle examine les lieux et scrute la porte. Sobre quoique semble-t-il très ancienne. Un heurtoir en forme de tête de cheval attire son attention. Bel objet en cuivre. *"Il ne resterait pas en place longtemps à Paris"*.

En bas et à gauche de la porte, hors du temps lui aussi, un décrottoir invite à la propreté avant de rentrer. On est à Genève, la rue est immaculée, elle se demande quand il a pu servir pour la dernière fois.

La rue est déserte. Bogdana se sent sereine et sourit devant tous ces détails insignifiants qui lui ont occupé l'esprit l'espace d'un éclair. Elle se ravise, néglige le heurtoir préférant l'usage de la sonnerie qu'elle actionne.

Une énorme explosion s'en suit à l'intérieur de la maison et fait voler la porte en éclats. Le heurtoir est éjecté violemment et vient se figer droit sur le front de Bogdana.

La tête de cheval a défoncé l'os en pénétrant dans le crâne. Elle s'écroule, sans un mot. Le sourire figé en un rictus effrayant.

Des sirènes d'alarmes retentissent dans la rue déserte puis, **cinq petites minutes plus tard** les cloches de la cathédrale toute proche leur répondent à pleine volée. Il est tout juste midi.

***

C'est bien connu, chaque génération a tendance à s'opposer à la précédente. Une forme de perte de mémoire collective organisée…

"On ne veut pas faire comme eux".

Bogdana Milosevic n'était pas en reste et n'avait jamais accepté le fatalisme d'un père toujours porté par la vague du moment. Celle du communisme, celle de l'auto gestion, de la corruption généralisée…

"Il n'a jamais pris l'initiative sur sa vie ce vieux c…"

Jugement quelque peu définitif sur son géniteur. Sa ligne de conduite ?

"Prendre son destin en main", à commencer par se sauver à temps d'un pays en proie à la guerre civile…

"Prendre son destin…", mais de là à le forcer ? Dommage, il lui aurait suffi d'arriver cinq, on va dire, six petites minutes plus tard.

***

Chapitre quinze

Le champ du départ

Augustin et Sigríður encadrent Tripeul-É, à moins que cela ne soit l'enfant qui ne prenne par la main les deux adultes ? À les regarder déambuler un peu au hasard sur la plage noire, on pourrait effectivement se demander qui promène qui sur cette vaste étendue, véritable champ de glace.

Ils sont silencieux mais résolus à ne pas montrer leur désarroi à l'enfant suite aux accidents à répétition: Stig Tomson et son bonobo pour commencer et le même jour une terrible explosion à Genève, chez Donu l'ami d'Augustin. C'est un Séraphin effondré qui a appelé la veille alors qu'ils venaient juste de rentrer de l'expédition tragique à la cascade de Gollfus.

Au *"Ça commence a faire beaucoup"* d'un Augustin ébranlé, Sigríður avait opposé un plus pragmatique *"Tripeul-É n'a rien vu, mais doit ressentir notre état. Il faut qu'il retrouve ses parents au plus vite"*.

On a donc promis à Tripeul-É une dernière promenade *sur la plage des gros glaçons* avant de quitter l'Islande et de retrouver *"Mommy and Daddy"*. L'enfant connaît bien l'endroit, objet de visites régulières pendant son séjour. Il se libère de l'emprise des deux adultes pour gambader en criant à tue-tête sur le sable noir.

Au moment où Sigríður donne le signal du départ, l'enfant s'arrête et lève son bras en pointant la barrière blanche du glacier visible au loin. Il lance alors un superbe

"***Jogül Sarko !***[9] "

Ce qui, prononcé à l'islandaise - comme le fait maintenant très bien le petit Arthur - et entendu par un français, ferait croire à une insulte à l'égard d'un ancien président de la République lui même réputé pour son franc-parler.

Augustin réalise à quel point les multiples visites au *champ de glaçons* avec Sigríður et Kheezran auront développé les talents linguistiques d'Arthur…

" *La prochaine rencontre d'Arthur avec Charlie sera intéressante* "

Il réalise en même temps qu'il a appelé l'enfant par son prénom et non plus *Tripeul-É*.

***

L'ordinateur portable est posé sur la table de la chambre de Tripeul-É. Augustin s'active pour rétablir une connexion interrompue avec ses parents, sous le regard amusé de Sigríður assise avec l'enfant. Manfred et Helena ont voulu avoir un ultime rendez-vous *Face Time*, avant de partir pour Paris et y retrouver leur enfant. Histoire aussi de se rassurer.

---

[9] *Jogül* signifie glacier en Islandais

L'accident de Gullfoss reste dans tous les esprits... Sauf heureusement dans celui de l'enfant, déjà passé à autre chose. Il a cessé de pratiquer le tambourinage au moindre survol d'oiseau et se contente de traîner l'engin derrière lui, en se promenant d'une pièce à l'autre.

La connexion se rétablit enfin. Le visage de Tripeul-É s'éclaire à peine à la vue de ses parents, sans exprimer non plus la moindre frustration à ne pas les avoir devant lui, *pour de vrai*. *"Belle indifférence, un grand classique"*, pense Augustin en le regardant. S'agirait de leur faire payer leur absence en feignant le blasé ? Pas vraiment, l'usage de l'écran lui est tellement banal que l'enfant l'a intégré dans son univers affectif, se ravise l'observateur qui s'éclipse avec Sigríður pour laisser la petite famille babiller ensemble.

L'enfant n'exprime aucun trouble, ni ne fait aucune allusion à l'évènement de la cascade qu'il a traversé, en totale innocence semble-t'il. Les parents sont rassurés. Augustin n'a pas non plus évoqué devant eux l'explosion qui a tué le même jour son ami Donu. La coupe est pleine, les jeunes parents pourraient finir par se poser des questions et vouloir l'éviter *"à juste titre"*, se demande un Augustin décidément bien secoué par la cascade d'événements récents. *Sans jeux de mots, la cascade,* lui dit une petite voix intérieure. Apaisé par cette émergence qui semble démontrer un retour à une normalité très *Augustinienne*, Il revient et intervient,

« *Sigríður et Tripeul-É arriveront peu de temps après vous à Paris, installez-vous chez moi, Marie-Angela vous y accueillera. Et Charlie aussi bien sûr... Je suis vraiment désolé de rater votre passage, mais on m'attend à Genève et je ne serai pas de retour à temps.* »

***

Augustin et Kheezram accompagnent Sigríður, et Tripeul-É à l'aéroport de Slavik. Cette fois, la discussion est directe entre des amis qui se savent pris dans une aventure qui les dépasse un peu. La *"révélation"* des deux scenarii **Shiva** et **Vishnu** de Stig Tomson a été un peu *facilitée* par Sigríður et a intéressé la police locale ainsi que les actionnaires de l'institut. Sigríður a gardé ses bons réflexes en prenant soin de gommer le rôle essentiel de Kheezran...

Les premiers n'y ont finalement rien trouvé à redire - ni rien compris d'ailleurs - et ont convenu *d'un terrible accident dont Stig Tomson a été la malheureuse victime, ce qui met en lumière la nécessité de renforcer la sécurité dans ce haut lieu du tourisme islandais qu'est la cascade de Golfus. Et l'importance aussi de se méfier d'animaux de compagnie un peu trop exotiques.*

En revanche, le réseau *Human Brain Project* s'est très vite emparé du sujet. Pour l'étouffer aussitôt. En dépit de toutes les preuves manifestes d'intervention sur un être humain en dehors de toute procédure médicale... Et avant tout, en l'absence de consentement explicite... Oui mais voilà, *"on"* a déjà du mal comme ça à assurer le financement de nos instituts. Alors, *"on"* s'assure du silence bienveillant d'Augustin Triboulet qui n'en demande pas plus. Il est suffisamment soulagé d'avoir échappé à la manipulation prévue par Stig Tomson. Et puis il est déjà - dans sa tête - à Genève pour les obsèques de Donu. *"On"* propose aussi une promotion à Sigríður Jónsdóttir : assurer l'intérim de la direction de l'Institut. Pas le genre de la dame qui accepte néanmoins. Histoire de faire le dos rond et sécuriser le futur professionnel de Kheezran, avant d'envoyer balader tous ces *comiques*.

***

Dans la voiture Kheezran parle beaucoup. Elle a l'insouciance de son âge, encore toute à l'excitation de *sa* découverte. Sous le regard amusé de ses protecteurs, elle explique pendant le trajet ce qu'elle a fini par comprendre dans les relevés et les préparations de Stig Tomson : Il pratiquait des stimulations intracrâniennes à des fréquences qui normalement n'excitent pas les neurones, sauf si on en fait avec deux sources qui interfèrent en profondeur à un endroit choisi *très précisément*. En l'occurrence les liens entre deux endroits du cerveau appelés l'hippocampe* et l'amygdale*. Quant à *Shiva* et *Vishnou*...

On finit par parler de tout cela avec légèreté sur la route spectaculaire qui traverse d'anciens champs de lave et les amène à l'aéroport. Privilège des innocents... Esprit de dérision des néophytes... Sas de décompression... Ils et elles se lâchent...

Ne monte pas sur mon hippocampe !

Va te faire opérer des amygdales !

Tripeul-É, tout joyeux lance des

See Mummy and daddy !

Le trajet se finit en chantant...

À l'aéroport. On s'embrasse, on s'enlace, on se fait des promesses...

Augustin passera sa dernière nuit en Islande à Reykjavik avant de partir pour Genève.

Kheezran est sans doute maintenant la plus triste du petit groupe, mais soulagée, elle reprend la route pour regagner l'Institut.

Chapitre seize

Ça ce corse, en fanfare

Mike Brant a convoqué le ban et l'arrière-ban du *Cercle des Certitudes Disparues* pour la cérémonie funéraire dédiée à Donu Patacchini...

Un groupe bigarré d'hommes et de femmes de tout âge s'est rassemblé devant le crématorium. Il y a les proches dont Séraphin Galvaud, Augustin Triboulet et quelques autres *"d'un âge moyen à très avancé"*. Il y a aussi la fanfare au grand complet. Toutes les générations, jeunes élèves de Mike y compris. Avec une panoplie d'instruments à vent les plus divers.

Pas de discours. La fanfare entame une marche brésilienne, à pleine puissance. *"On y va à fond mais à cœur triste"* parvient quand même à dire Mike. Le *"à cœur joie"* aurait pu convenir aussi, se dit Augustin, même si c'est pour un enterrement. Après tout Donu était un joyeux drille ! Soulagement et tristesse cohabitent chez l'ex-cobaye de Stig Tomson. Il ouvre une enveloppe que Mike vient juste de lui remettre.

"Accroche toi Augustin, c'est du lourd", sont les seuls mots de Mike qui s'éloigne pour conduire la fanfare maintenant au complet. Augustin met de côté une cassette audio qu'il trouve dans l'enveloppe et commence la lecture d'un texte édité avec une fonte élégante parsemée d'extraits de journaux.

Mon cher Mike,

Tu recevras ce courrier après ma disparition. Je n'ai pas eu le courage d'appeler notre ami Augustin comme j'aurais dû le faire depuis très (trop !) longtemps. Il est venu me voir il y a un mois et je l'ai très mal reçu et encore moins aidé à comprendre ce qui lui arrivait.

Pourtant j'en suis le seul responsable.

Je compte sur toi pour lui parler et lui rapporter ce que je vais te raconter.

Un ami m'a ramené dans les années quatre-vingt un enregistrement fait en Australie de perroquets en pleine parade amoureuse. Une succession arythmique de battements extraordinaire. J'ai beaucoup travaillé sur cet échantillon. Je l'ai complété et j'ai découvert son pouvoir hypnotique. Cela s'est passé lors d'ateliers "bruits" que je pratiquais régulièrement.

La chose aurait pu en rester là mais à cette époque des membres de ma famille furent impliqués dans un vol retentissant. Le "fameux" casse du siècle à l'Union des banques suisses de Genève. Cela s'était mal terminé, mais l'argent n'avait jamais été retrouvé …

Jamais retrouvé ! Jamais retrouvé ! Pour sûr ! Tout était planqué chez l'aveugle ! Mes deux cousins ne m'ont rien demandé et ont débarqué chez moi avec des valises pleines de billets, peu avant d'être arrêtés. Il y avait des adresses de livraisons à Paris...

Je venais juste de finaliser mon enregistrement hypnotiseur après de nombreux essais. Augustin devait passer me voir comme à chaque fois qu'il travaillait à Genève.

Je l'ai testé sur lui sans qu'il ne s'en rende compte. Je crois la première fois en l'envoyant acheter un équipement électronique sans qu'il n'en garde le moindre souvenir. Puis à d'autres occasions de plus en plus compliquées.

Comme cela marchait bien je lui ai fait faire cinq transports à Paris, pas moins, avec à chaque fois une valise bourrée de cash pour un correspondant en banlieue de Paris, Saint Cloud je crois me souvenir. Le plus étonnant est qu'il me ramenait les reçus !

À chaque fois il y avait ouverture et fermeture de la séquence "de passeur" au moyen de cet enregistrement hypnotiseur que je te confie.

Je te sais curieux des sons. Il n'y a pas de danger à être en simple écoute. Il est tout au plus irritant, "sans l'accompagnement hypnotiseur fait par un aveugle chercheur de sons"…

Donu Pattachini,
le 4 juillet 2016

Augustin termine la lecture du document, incrédule. Le puzzle de sa reconstitution mémorielle de l'année quatre-vingt-dix progresse à grande vitesse, à en avoir le tournis. Il aurait besoin de s'asseoir mais au lieu de cela il pénètre dans la salle qui accueille l'entourage du défunt. Ce faisant il repère et reconnaît immédiatement un jeune homme de grande taille qui s'y tient déjà, un peu à l'écart. Celui-ci lève la tête. Ils se sont reconnus, Augustin se dirige vers lui. *Le vendeur !* Toujours aussi maigre et sans sa blouse grise, certes, mais c'est bien lui. *Le vendeur de Charlie, quai de la mégisserie à Paris* !

Le lieu, les circonstances favorisent l'échange direct sans préambule. Ça tombe bien, passée la surprise initiale Augustin n'a pas trop envie d'évoquer Charlie ni ses exploits quasi criminels, fussent ils indépendants de sa volonté. Son interlocuteur prend la parole en premier pour se présenter. Il est un petit-neveu de Donu qu'il n'a pas revu depuis près de vingt ans. Ses parents l'emmenaient voir le vieil oncle aveugle qu'ils qualifiaient *"d'Amérique"* bien qu'il vive en Suisse. Il se souvenait très bien de cette haute figure de la famille bien que la dite famille s'en tienne bien à l'écart. Il se souvenait aussi des *images pieuses*, c'est ainsi que Donu en parlait en lui donnant quelques grosses - très grosses - coupures à la nouvelle année, aussi vite confisquées qu'apparues par ses parents. D'où l'oncle d'Amérique sans doute... Puis le temps passa, ses parents disparus, il avait maintenu le rite d'échange de cartes de bons vœux... Et d'*images pieuses* aussi. *"Oncle Donu"* lui avait envoyé également, *il y a bien des années de cela,* une cassette quand il avait su qu'il ouvrait un magasin d'animaux domestiques. Le message qui l'accompagnait l'invitait à tester la bande "musicale" sur ses animaux à plumes. Sans plus de détails.

L'amateur d'animaux était aussi un amateur de vieilleries et avait gardé un lecteur de cassettes et il avait converti l'enregistrement en numérique. Et depuis, par jeu, un peu, en souvenir de ses passages enfant chez l'oncle excentrique pour beaucoup, il passait l'enregistrement en boucle dans le magasin une fois fermé, presque chaque nuit. Sans effet apparent sur ses volatiles, il allait sans doute arrêter maintenant…

Une fois cette explication terminée, comme soulagé, *le vendeur* lui souhaite bonne chance avec son perroquet et prend congé. Augustin a juste le temps de lui confirmer rapidement avoir su éviter le *prolapsus du cloaque* et que Charlie était un fin batteur…

Augustin se retrouve seul. La petite fanfare a changé de registre et se répand dans le genre *Tsigane enflammé*. Un inédit au crématorium.

Séraphin s'approche de lui. Un sentiment de culpabilité d'une bonne tonne écrase chacune de ses épaules. C'est bien lui qui a branché Augustin sur cet apprenti sorcier des neurosciences. Par deux fois même ! Il est certes soulagé de voir son ami Augustin finalement indemne… Et aussi par la disparition de Bogdana. Son aventure d'un soir et ses conséquences peu glorieuses disparaissant avec elle.
La police a été formelle avec l'identification *"d'une touriste française qui a eu la malchance de passer dans la rue au moment de l'explosion suite à une rupture de canalisation de gaz dans un immeuble ancien du vieux Genève dans laquelle une autre victime a été trouvée…"*

AUGUSTIN (fixant son ami) : *Tu ne pouvais pas savoir pour Stig Tomson...*

SERAPHIN (rassuré mais penaud) : *J'ai brillé par couardise, tu veux dire... Je voulais juste t'informer que le réseau d'experts qui a regardé les enregistrements de Stig Tomson et qui ont étouffé l'affaire aussi... m'a quand même confirmé ce qui a pu se passer.*

Augustin reste impassible. Séraphin reprend sa respiration. Il ne veut, ni ne peut plus reculer cette fois. Il reprend avec calme sur le mode *professeur rassurant*.

« *Je leur ai fourni l'enregistrement sonore des battements de tambour qui te tourmentaient. Ils ont identifié une incroyable similarité avec les fréquences utilisées par Stig Tomson pour ses interventions intracrâniennes.*

En gros, les deux interactions, l'écoute de l'enregistrement et la stimulation intracrânienne titillent pareillement le cerveau du côté des liaisons Amygdale - Hippocampe avec des effets qui peuvent être dévastateurs, selon les individus, sur la mémoire et le comportement.

Stig Tomson a reconnu dans ton système neuronal une espèce de filtre apparu lors de l'hypnose et en a inhibé l'effet. Ce faisant il te redonnait l'accès à ta mémoire et te libérait de la sensation désagréable provoquée par l'écoute de l'enregistrement du battement. En revanche ce n'était pas le cas pour son Bonobo qu'il avait "manipulé" dans le passé sans en comprendre tous les impacts.

Ce roulement de tambour très particulier peut provoquer une "simple" angoisse pour un "sapiens" de ton genre, Augustin, mais fut source de terreur pour un Singe Bonobo comme Max. Tu connais la suite ».

Augustin s'est laissé envahir docilement par le récit du *vendeur* d'abord, puis par la longue explication de Séraphin. Le tout sans mot dire. Il n'en pense pas moins.

" *Et si finalement Donu m'avait sauvé, sans le savoir, en favorisant l'apprentissage de Charlie dans la boutique du quai de la mégisserie pour qu'ensuite Tripeul-É se l'approprie et sème la terreur chez Max… ? Quel délire… !* "

La fanfare s'arrête. Augustin reconnaît le fond musical qui emplit maintenant le salon funéraire alors que la petite assemblée commence à se disperser. C'est sans doute ce fêlé de Mike qui l'a choisi : "**Swich on Bach**" par Walter Carlos au synthétiseur Moog.

"Ah cette soirée !
Il y a si longtemps avec Mike, sa sœur Lisbeth, Donu et quelques autres habillés en nobliaux du XVIII siècle, s'activant sur les synthétiseurs dont le fameux Moog … Donu avait choisi une perruque de couleur bleue, sans le savoir et sans que personne ne lui dise, évidement … "

En sortant du funérarium, il aperçoit Mike en plein rangement de ses instruments qui lui sourit.

" Merci Mike, j'ai eu peur un instant que tu nous fasses écouter l'enregistrement de Donu…"

***

Bazar et cécité

Être policier à Genève c'est, comme ailleurs , avant tout être débordé. C'était le cas de l'agent en charge de l'explosion de la rue du Perron.

Tout était plié. *Donu Patacchini* ? Un inconnu des services de police. Un vieillard handicapé inoffensif qui recevait juste une *compagne pour la nuit* de temps en temps, au dire des maquereaux-informateurs locaux.

Quant à la touriste, elle avait sur elle une carte de séjour française. Le collègue français parisien contacté avait confirmé l'origine Serbe de la personne et, lui aussi débordé de toute façon, avait conclu une courte collaboration avec la police Genevoise en indiquant ne pas avoir identifié de famille ni de proches à contacter.

Le policier genevois consciencieux passe en revue sur son bureau les documents trouvés sur la victime et finit son inventaire avec un document confirmant l'inscription de Bogdana Milosevic à un séminaire du 4-16 February 2017 à Ljubljiana en Slovénie pour la *Human Brain Project Student Conference.*
"Ce n'est pas une prostituée qui aurait ça sur elle quand même... »
Son chef lui dit de classer l'affaire.

***

Bazar et cécité   155

L'*honorable correspondant* Parisien de Bogdana Milosevic se rend au rendez-vous prévu du Parc des Buttes Chaumont, *on va dire*, par fidélité professionnelle. Le *"client"* lui a pourtant signifié la bonne clôture du dossier et l'en a même félicité. L'*effacement a été très efficace.* Le coût est resté *raisonnable*, la s*ource de préoccupation*[10] était décédée *"par accident"* à Genève et surtout l'informateur[11] du Canard Enchaîné avait confirmé l'abandon pur et simple de l'Investigation sur le financement des partis d'extrême droite. L'affaire était trop ancienne et bien enterrée. *La source d'information*[12] n'avait pas de preuves utilisables.

Le correspondant arpente l'allée proche du pavillon du lac près de la passerelle à l'heure convenue. Il sait pourtant que Bogdana Milosevic ne viendra pas, son avis de décès est affiché à son domicile. Il a sur lui l'enveloppe contenant le solde convenu qu'il compte bien *recycler*.

Les élections de l'année prochaine apportent de nouveaux *clients* et il va rencontrer un nouvel « effaceur ». Il peine à croire pourtant que cette nouvelle affaire aille bien loin : « *les détournements d'indemnités parlementaires* ». Il trouve le sujet un peu léger, mais *business is business*, se dit-il en voyant approcher son nouveau contact.

---

[10] On va aider un peu … il s'agit de Donu Pattachini
[11] Et là, c'est bien Augustin Triboulet !

Épilogue

Augustin retrouve Paris un soir de juillet agréablement tempéré. La petite famille au complet est déjà retournée à ses fours solaires, en Guinée Bissau.

La rencontre de Tripeul-É et de Charlie sous le haut patronage de Marie-Angela a été brève et peu différente des précédentes *"on-line"*, à l'exception du nombre de participants peut être.

Au lieu du duo de batterie habituel, Tripeul-É et Charlie entament une chorégraphie faite de cabrioles et de fausses chutes… Vite rejoints par Marie-Angela. Celle-ci est d'abord ravie de revoir le petit en grande forme et s'y met avec entrain, mais finit par s'éclipser en boitillant. Il ne faut jamais surestimer sa souplesse.

Sigríður s'est alors décidée à raconter dans le détail l'incroyable *saga d'Augustin* - même pas islandaise - à ses amis incrédules.

Manfred fut le plus perturbé en réalisant ce qui s'était passé autour de *son Arthur…*

Helena resta tout à la joie de se retrouver en famille *au complet*. Il est clair qu'elle y incluait Sigríður. Chez ces deux femmes on ne regarde pas en arrière et elles prirent plaisir à houspiller Manfred, *le papa poule*.

"Arthur en verra d'autres !"

"C'est une génération qui devra faire face aux défis de l'hybridation humain - machine..."

"Regarde ce qui s'est passé dans nos sociétés en à peine dix ans avec les smartphones ! Il faudra peut-être autant de temps, peut être moins pour rencontrer les premiers humains en symbiose avec une forme d'intelligence artificielle ?"

Manfred repense à cette lecture récente de la philosophe Catherine Malabou*, une des rares à avoir changé d'avis sur le sujet:

"La frontière entre homme et machine est devenue poreuse: plus rien en principe, ne sépare radicalement l'intelligence artificielle de l'intelligence humaine"

Se voulant plus poétique, il préfère leur rappeler - à *titre d'exemple* - la grande surprise des populations lorsque l'ombre projetée la nuit ne tremblait plus dans les maisons. La flamme des bougies avait fait place à l'éclairage électrique. Une lumière permanente et fixe,

"Si ce n'était pas déjà une révolution ça ! "

Augustin se serait bien plu dans ces débats qu'il a ratés, mais à cet instant précis, il se sent très bien en arrivant de Genève. Il quitte la gare de Lyon en fin d'après-midi et se dirige en métro vers *Notre Dame de Lorette* à deux pas de chez lui.

Un groupe d'enfants encadrés par des moniteurs nerveux se chamaillent et piaillent gaiement dans une rame bondée. La rame ralentit, un des moniteurs regarde avec effarement sa petite troupe puis un quai lui aussi bien garni. Il s'exclame

"Attention les enfants ! Il y a des enfants qui montent !"

Augustin et quelques autres sourient devant le message inquiet du moniteur. La perspective de voir les deux bandes de bambins se mélanger sans doute…

Il ne connaitra pas le résultat de la confrontation imminente. Il fraye son passage à travers une mixture juvénile détonante et parvient à descendre de la rame pour entamer une première soirée apaisée - *et seul depuis longtemps* - avec un arrêt au célèbre petit bar à mi-pente de la rue des Martyrs. Un sas de décompression. Mais l'atmosphère y est un peu glauque, il finit néanmoins une excellente *Maretsou* avant de se diriger vers son appartement, le pas léger.

Quatre étages sans ascenseur, voilà de quoi garder la forme mais aussi se rappeler certaines dures réalités … et ralentir la progression.

Grand silence reposant dans la cage d'escalier et aussi lorsqu'il pénètre chez lui. Il dépose son sac de voyage puis sans même retirer sa veste se dirige vers une des fenêtres qui donnent quatre étages plus bas sur une rue restée bruyante en dépit de l'heure avancée. Une vieille habitude. Un peu comme pour dire bonne nuit à la ville.

La rumeur extérieure finit par suinter dans la pièce. Il fait face à la fenêtre. Il sait et sent bien ne pas être aussi seul que cela mais ne s'en préoccupe guère.

Encore moins de son propre reflet devant lui sur la vitre d'une fenêtre sans rideaux. S'il était attentif, Il pourrait y voir, derrière sa propre image, celle très agitée de son perroquet Charlie, néanmoins silencieux - fait assez rare - et, juste à côté de sa cage, celle d'un individu très occupé à mimer un Augustin en pleine et intense réflexion. L'individu multiplie les postures exagérées, genre *le penseur de Rodin,* mais debout. Pas vraiment facile à faire, encore moins à décrire.

Ce *psittacisme comportemental* pourrait amuser Augustin s'il daignait se retourner. Ce qu'il ne fait pas. Il faut un cri soudain de Charlie pour le lui faire envisager.

CHARLIE (très excité): *Espace d'olibrius !*

Les esclandres d'un volatile dopé aux soirées théâtrales de France Culture n'émeuvent plus Augustin. Il se retourne lentement.

AUGUSTIN (sur un ton solennel): *Monsieur l'Auteur et donc mon géniteur en quelque sorte, on ne m'ôtera pas de l'idée que toute cette histoire reste le fruit d'un concours de circonstances un peu obligées non ? Une fois de plus, un jeu, dans le genre...*

Hasard ou Nécessité ?

CHARLIE (encore plus agité et visiblement peu concentré):

Bazar ou cécité ?   Bazar ou cécité ?

L'AUTEUR (qui se révèle ainsi être le psittaciste comportemental) : *Il n'a pas tort, ton intello à plume Augustin. Ton affaire est un vrai bazar ! Et on y a pas toujours vu très clair non plus ! ... Bazar ou Cécité ? Je garde l'idée ! Mais c'est la fin maintenant. Tu es "terminé". Tu as certes pu échapper à une tentative d' "effacement", mais au prix d'un véritable carnage ! Comment comptes-tu t'en sortir cette fois ?*

Augustin jette un dernier regard sévère à Charlie. L'oiseau, prudent, n'émet plus aucun son.

AUGUSTIN : *Hum... Cela ne dépend pas de moi et tu le sais bien !*

L'AUTEUR : *Faut voir !*

Le destin tragi-comique d'Augustin Triboulet s'achèverait donc là où il a commencé,
sur le papier ?

*

SOURCES
(merci Wikipedia !)

1990
Le mois de janvier de cette année-là voit débuter un rapprochement entre le Front national de la jeunesse (FNJ) et les groupuscules radicaux (Groupe union défense, Jeunesses nationalistes révolutionnaires et Troisième Voie). Afin d'améliorer la formation de ses cadres et élus, le Front national crée l'Institut de formation national.

AMYGDALE
L'amygdale est une partie du cerveau essentielle à notre capacité de ressentir et de percevoir chez les autres certaines émotions. C'est le cas de la peur et de toutes les modifications corporelles qu'elle entraîne

CERN Conseil européen pour la recherche nucléaire. Laboratoire européen pour la physique des particules. Il se situe à quelques kilomètres de Genève à cheval sur la frontière franco-suisse. Y travaillent des scientifiques parmi les plus réputés de la planète. Entre deux découvertes, le CERN doit toutefois régulièrement prendre le temps de s'occuper de petits et grands conspirationnistes, qui y concentrent beaucoup de leurs fantasmes.

EDWARD LARGE Professeur de "Psychological Sciences and Physics" qui dirige le "Music Dynamics Laboratory" à l'"University of Connecticut" : *"Quand les rythmes de votre cerveau sont littéralement capables de se synchroniser avec les rythmes du cerveau d'un autre, on est en plein dans la communication"*

HIPPOCAMPE
L'hippocampe est une structure du cerveau des mammifères. Il appartient notamment au système limbique et joue un rôle central dans la mémoire et la navigation spatiale.

HUMAN BRAIN PROJET
Le « Projet du cerveau humain ») est un projet scientifique européen d'envergure qui vise (initialement d'ici à environ 2024) à simuler le fonctionnement du cerveau humain grâce à un superordinateur. Les résultats obtenus auraient pour but de développer de nouvelles thérapies médicales plus efficaces sur les maladies neurologiques.

LIVRES :
- **LE CERVEAU, LA MACHINE ET L'HUMAIN**
de Pierre Marie Lledo
- **PARLEZ VOUS CERVEAUX ?**
de Lionel et Karine Naccache
- **METAMORPHOSE DE L'INTELLIGENCE**
de Catherine Malabou

NEUROSCIENCES
Les *neurosciences* sont les études scientifiques du système nerveux, tant du point de vue de sa structure que de son fonctionnement, depuis l'échelle moléculaire jusqu'au niveau des organes, comme le cerveau, voire de l'organisme tout entier.

PIERRE HENRY Compositeur français, considéré comme l'un des pères de la musique électroacoustique. Connu du grand public pour le morceau *Psyché Rock* de la suite de danses *Messe pour le temps présent.*

L'auteur, grand fan, a appris son décès en Juillet 2017, en pleine écriture de "Bazar et Cécité".

Le domicile de Pierre Henry, rue de Toul à Paris, a accueilli de nombreux amateurs pour des séances publiques. Il n'en était que locataire et cette étrange maison-laboratoire-du-son qui est maintenant désertée sera détruite prochainement.

Promeneur du 12 ième arrondissement, dépêche toi ! Il est encore temps de presser sur la sonnette… Il n'y a pas de heurtoir, **C'est sans danger.**

SCIENCES COGNITIVES Six disciplines constituent les sciences cognitives avec leurs liens interdisciplinaires, selon G.A. Miller l'un des pères fondateurs du domaine

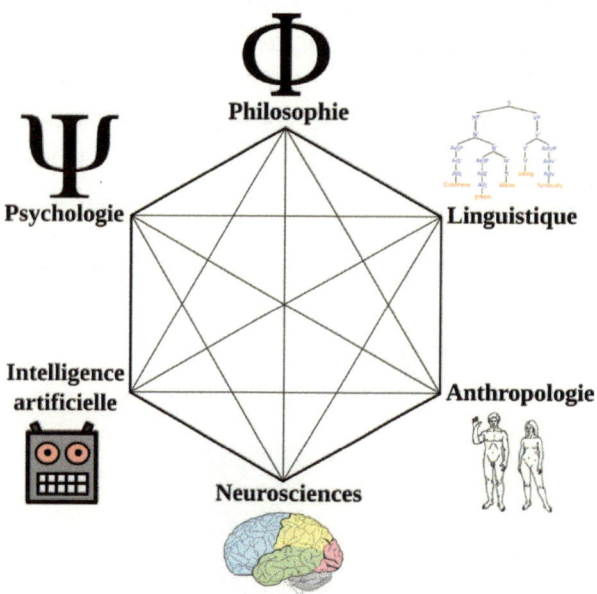

TRANSHUMANISTES: Mouvement culturel et intellectuel international prônant l'usage des sciences et des techniques afin d'améliorer la condition humaine notamment par l'augmentation des caractéristiques physiques et mentales des êtres humains.

Table des matières

Remerciements   p.   3

Quelques personnages déjà apparus
dans « *Toujours un pet plus loin* »   p.   7

Attention au prolapsus du cloaque !   p.   9
Tripeul-É !   p. 21
Mémoire, quand tu nous lâches et nous fâches !   p. 29
Frissons & Feelings   p. 35
Un expert de l'hippocampe,
pas très à cheval sur les principes   p. 41
Le Cercle des Certitudes Disparues   p. 53
La Serbe acerbe   p. 69
Trous de mémoire   p. 75
Enquêtes   p. 87
Libertinage, tambourinage et chantage   p. 105
Ça cogne !   p. 111
Silhouettes   p. 119
Þjóðhátíðardagurinn   p. 125
Des primes   p. 135
Le champ du départ   p. 141
Ça ce corse, en fanfare   p. 147
Épilogue   p. 157

Sources   p. 163

© 2018, Moity, Didier
Edition : Books on Demand,
12/14 rond-Point des Champs-Elysées, 75008 Paris
Impression : BoD - Books on Demand, Norderstedt, Allemagne
ISBN : 9782322120147
Dépôt légal : juin 2018